継母の連れ子が
まま はは
Mamahaha
Tsurego
元カノだった
Moto kano
11
どうせあなたはわからない
JN104212

「海の中に溶けてるみたいだった」
「そ、そうですね……！
お魚が目の前を
泳いでて……！」
伊理戸結女
Yume Irido
東頭いさな
Isana Higashira

「すごかったねー！
全部真っ青でさあー！」
「ええ……なんというか、
感銘を受けました」
明日葉院蘭
Ran Asuhain
南暁月
Akatsuki Minami

KADOWAKA BUNKO
BOOK
「綺麗……」
空には晴れた星空、地には煌めく夜景——そして
その両方を水面に映すプール。
宝石をちりばめたようなそれに、結女の大きな瞳
が吸い込まれる。
僕はしばらく黙ってその様子を見守っていたが、
やがてその瞳がすいっとこっちを見た。
「……しょうもないこと言おうとしてない？」
疑いの目だった。
僕はご期待に沿うことにする。
「君のほうが綺麗だよ」

継母の連れ子が元カノだった11

どうせあなたはわからない

紙城境介

角川スニーカー文庫

23876

目次 Contents

illustration: たかや Ki
design work: 伸童舎

序章　どこかで見た出発前

伊理戸結女◆好きな人はこんな人

「伊理戸さん……好きです！　僕と付き合ってください！」

そう叫んで生真面目に頭を下げる男子に、私——伊理戸結女は微笑ましさを覚える。

二年生に入ってから一ヶ月以上——告白されるのはこれで三人目だった。一年生の頃は人気人気と言われながらも結局一回もこういうことはなかったのだけれど、二年生になると堰を切ったように告白攻勢が始まったのだ。

その理由について、心当たりがあるとすれば一つだけ——新学期が始まった直後、友達である暁月さんに言われたこの一言だ。

『結女ちゃん、告白の断り方ってわかる？』

戸惑いながらも、なんとなく……と答えると、暁月さんは『そっか。りょうかーい』と言って去っていった。そのすぐ後のことだ、一人目の告白者が現れたのは。

まあ以前からなんとなく察していたことではあるのだけれど、どうやら一年生の間は、暁月さんが私への告白を水面下でブロックしてくれていたらしい。二年生になって私が――というか私と水斗の関係が落ち着くべきところに落ち着いたのを見て、もはや不要だろうとセキュリティを解除してくれたわけだ。

確かに、一年の頃にこんなペースで告白されていたら、煩わしくて仕方なかっただろう。ぞんざいな断り方をして、悪い噂が立っていたかもしれない。

でも、今の私は違う。

もちろん緊張はするけれど、余裕を持って、堂々と、こう答えることができる。

「ごめんなさい。もう付き合ってる人がいるの」

告白した男子は顔を上げて、動揺を隠しもせずに言い募る。

「だ……誰ですか？　どんな人ですか!?」

三度目ともなればお決まりの質問に、私はやっぱりお決まりの答えを返す。

そう――きっと、他の誰の話をしても浮かべない、とびっきりの微笑みで。

「この学校で、一番頭のいい人かな？」

伊理戸水斗◆ひとりじめ

「君さ、やめろよ。人のハードルを勝手に上げるの」

夜——明日の仕事に備えて父さんも由仁さんも寝静まった頃。

結女はこっそりと僕の部屋にやってきて、僕のベッドに寝転がっていた。

「君が告白を断るたびに妙な情報を拡散するせいで、噂が肥大化してるんだぞ。やれハーバードへの留学が決まってるだとか、メンサ会員で学生起業家だとか……」

「ふふっ。そろそろ名探偵にでもなれるかもね？」

「他人事だと思いやがって……」

僕は溜め息をつきながら、寝転がった結女の横に腰掛けた。

今や洛楼高校で一番人気の地位を確立しつつある伊理戸結女——謎に包まれたその彼氏とは、彼女の義理のきょうだいであり、中学時代の元カレでもある、この僕、伊理戸水斗である。

思春期好みのセンセーショナルな正体ではあるんだが、当然ながら僕にはハーバード行きの予定もメンサ会員である事実も、起業した経歴もない。

「もうちょっと言いようはなかったのか。よりによって学校で一番頭がいいって——あの天才生徒会長よりも上ってことになってしまうじゃないか」

「だからこそでしょ？　優しい人とかカッコいい人とか、当たり障りのないことを言うと勘違いする人が出ちゃいそうだし。その点、『学校で一番頭がいい人』なら紅会長が防波堤になってくれるでしょ？」

「偉くなったもんだな。勘違いさせる心配なんて」

「まあね。誇らしいんじゃない？　彼氏としては」

得意げに言う結女の顔をじっと見下ろして、僕は出し抜けに手を伸ばした。

「え？　何？」

戸惑う結女を無視して、僕は彼女の耳たぶを指の爪側でなぞるように撫でる。

「……野球部のホープだって？　今日の相手は」

「らしいよ。ウチって基本的に運動部弱いんだけど、今の世代は結構――」

皆まで言わせず、僕は結女に覆いかぶさった。

ベッドに手をつき、僕の影で結女を覆い尽くしながら、驚いてぱちくりと目を瞬かせる恋人の瞳をじっと覗き込む。

するとやがて、結女は腹立たしくも、からかいの笑みを浮かべた。

「……独占欲だ？」

僕は答えなかった。

ただ訴えかけるように、結女の目を見つめることしかできなかった。

そんな僕を楽しむように、結女はしばらくくすくすと笑い続けると、

「いいよ？」

と言って、慈しむように微笑んだ。

「独り占めして？」

待てを解除された犬のように、僕は結女の身体を抱きしめながら唇を重ねる。

いつもよりちょっと乱暴な、貪るようなキス。舌を絡ませるたびに、結女の喉から「んっ」「ふっ」と色っぽい吐息が零れる。

ひとしきり満足するまで続け、僕が顔を離すと、結女は上気した顔で微笑みながら言う。

「偉くなったものね？　学年一の美少女を独り占めなんて」

「……あんまり調子乗るとキスマークつけるぞ」

「あっ、ストップストップ！　……もう、拗ねないでよ。珍しく可愛いことするから、からかいたくなっただけでしょ？」

結女を組み伏せる格好に疲れてきたので、僕たちは抱き合ったままベッドの上でゴロンと横に転がる。

額を軽くぶつけ合いながら、僕たちは囁くような声音で会話する。

「ちょっと告白されるようになって得意になってるみたいだが……僕もあるんだぞ、予定」

「え？　そうなの？　誰から？」

「わからない。机の中にメモが入ってたんだ」

「悪戯だったりして」

「一応僕は学校ではいさなと付き合ってることになってるんだぞ。まあ勝手に周りが勘違いしてるだけだが――彼女持ちにそんな悪戯するか？」

「ふうん……そっか」

「意外と詮索しないんだな」

「だって、なんだか悪趣味じゃない？　こんな風にイチャつきながら……」

「せせら笑ってるみたい、か？」

「告白するのがどんなに勇気がいることか、知ってるから……」

お人好しめ。

「真剣に受け止めてあげてね、ちゃんと」

「わかってるよ」

「それと、今日はキスまで。それ以上はダメ」

「え？」

「当たり前でしょ。私だったらいやだもん。勇気を振り絞った告白にそんな身体で来られるの」

……あんな風に誘っておいて……なんて奴だ！

こんなことなら言わなきゃよかったな、と少し後悔している僕に、結女はさらにボリュームを抑えた声で、恥ずかしそうに言った。

「（修学旅行の前には……いっぱいさせてあげるから）」

激しく目を泳がせ、言ったそばから後悔していそうな恋人の顔を間近に見て、僕の胸の中にマグマのような感情が溢れかえった。

「（……キスまでなら、いいんだよな？）」

「え？　……んんっ――！」

修学旅行の間は、こんなことをするタイミングはない。僕たちの関係はごく親しい友人しか知らない秘密なのだ。

だからその直前のチートデイに向けて、今のうちにチャージしておこう。軽率な自分の発言を恨むがいい。

……だけど、その前に。

しっかり片付けておかないとな。誰だか知らないが、僕にはワンチャンスたりとて存在しないと、後に禍根を残さないように——

「好きです。付き合ってください」

「…………………」

そして僕は、絶句していた。

何の緊張も感情も感じさせない声で僕にそう言ったのは、中学生のように小柄な体躯ながら、出るところが出たグラマラスなスタイルの女子。

明日葉院蘭。

結女と同じ生徒会の役員にして、この学校で一番の男嫌いと言われる女子だった。

……なんか、一年くらい前にもなかったか、こういうの？

第一章　寄り添い合う一日目

伊理戸結女◆六人一組

　学校からバスに揺られること一時間以上――モノレールの大阪空港駅一階の広場に、洛楼高校生がひしめくように集合していた。

　立体駐車場みたいに壁がなく、柱と天井だけの広場からは、道路を挟んで向こう側に大阪国際空港（またの名を伊丹空港）のターミナルビルが見える。

　5月中旬、天気は曇り。

　洛楼高校、今年の修学旅行の行き先は、沖縄だった。

　平和学習にマリン体験、観光名所巡りに班別行動、そして宿泊場所はプール付きのリゾートホテルという私立らしい贅沢な三泊四日。生徒会書記としてしおり作りに関わっていた私は、誰よりも詳しくそのスケジュールを把握している。

中学の修学旅行は友達が少なくて、どちらかといえば憂鬱なイベントだった。

でも、今年は違う。

事前に決めた六人一組、男女混合の班は、幸運にも去年一年間、縁の深かった人たちで固めることができていた。

「結女ちゃん結女ちゃんっ！　マイシャンプー持ってきたっ？　夜に取り替えっこしようよ～」

「別にいいけど……何？　その文化」

「結女ちゃんの匂いに包まれた～い！」

キラキラした目で欲望を語るこの子は、南晩月さん。ちまちました可愛らしい体格と活発そうなポニーテールが印象的な女の子だけど、最近ちょっとずつ気付きつつある。ときどき覗かせてくる危険な顔の存在に。

その隣であくびを噛み殺しているのは、髪を明るく染めた男子だ。

「眠みぃ～……。早えーよ集合時間……」

私の班の三人目、川波小暮くんだ。晩月さんとは幼馴染みの間柄で、私たちが見てないところでは結構いい雰囲気らしいんだけど、本人は『恋愛ＲＯＭ専』を名乗り、自分では恋愛をしようとしない変な人。だけど他人の恋愛話が大好きらしい。

いつもは明るいムードメーカーだけど、集合が早朝だったせいで本調子じゃないみたいだ——でもそれ以上に本調子じゃない、うつらうつらと船を漕いでいる人が他にいる。

「……うに……」

「おい、いさな。まだ寝るな」

「……ふあっ⁉　締め切りですか⁉」

水斗に軽く肩を揺さぶられて、何者かに追われているかのように慌てて周りを見回す。

彼女が四人目、東頭いさなさん。人見知りでオタクで少し変わった性格と、高校生離れした巨乳が特徴の女の子だ。元々は水斗の女友達だったんだけど、水斗経由で私や暁月さんとも仲良くなった。知り合った直後は、私にとってはいわゆる恋敵だったり……。

なんだかんだあって、今は水斗を一番の親友としつつ、イラストレーターとしての活動をマネージメントしてもらっている。話している量で言うと、恋人で家族である私ともあんまり変わらないかもしれない。でもまあその辺は、きちんと話し合った上でちゃんと調整してるから大丈夫。

そして五人目が、今も話に出た伊理戸水斗だ。私と付き合っていることはこれまでの三人以外には隠しているんだけど、義理のきょうだいということですんなりと同じ班になることができた。

というか、女友達である東頭さんとの仲が良すぎて、クラスメイト（と私たちの両親）には彼女と付き合っていると思われているのだ。だから東頭さんもいるこの班に入ることは既定路線のようになっていた。

水斗は目を覚ました東頭さんをその場に置いて、集団の端のほうにいる私に近づいてくる。

「時間通りに出発できそうか、班長？」

「できなきゃ終わりだけどね。飛行機の時間はずらせないし」

今、先生たちが点呼を取っているところだ。それが終わったらいよいよ空港に向かい、飛行機に搭乗することになる。実は私は飛行機初体験で、ちょっと緊張していた。

そんな私の側（そば）に寄り、水斗は抑えた声で言う。

「……本当に良かったのか？」

主語のない言葉だったけれど、私はすぐに察した。

水斗が言っているのは、私たちの班の六人目のことだ。

彼女はうつらうつらしている東頭さんの後ろで、何をするでもなく誰と話すでもなく、ちんまりと膝を抱えている。

明日葉院蘭（あすはいんらん）さん――私と同じ洛楼高校生徒会のメンバーで、つい先日、私の恋人に告白した張本人。

その話は、もうとっくに水斗本人から聞いていた。相手が相手だし、情報共有が必要な事案だと判断したらしい。

当然ながら彼女がいるからと断ったらしいけど……驚くべきは、その答えを聞いた明日葉院さんの返答だ。

——わたしが好きでいる分には、構いませんよね？

あの男子嫌いの明日葉院さんが、そんな殊勝な台詞を口にするなんて……半年間、生徒会で時間を共にしてきた私には信じられなかった。

『いつの間にそんなことになってたわけ？』

報告を受けた私は、自分の恋人の地味女子キラーぶりに戦慄しながらそう尋ねた。

いや、明日葉院さんは、そのキャラクターこそ真面目な優等生で、決して派手なタイプではないけれど、ミニマムでダイナミックな男好きのするスタイルといい、お人形みたいに可愛らしい顔立ちといい、地味と呼ぶにはあまりにも特徴が派手すぎる。

なのに男嫌いで、男子を寄せ付けなかったから、告白する人が現れないくらいの高嶺の花だったのだ。

そんな女の子をいつの間に……。東頭さんといい、この男にはある種の女子を惹きつけるフェロモンでも出ているのだろうか？

『僕のほうが聞きたいよ』

水斗は眉根にしわを寄せながら言った。

『明日葉院との関わりは、去年の神戸旅行以来めっきりなかったんだ。告白されるような
フラグを立てた覚えはない』

『本当に？　無自覚でなんかやったんじゃないの？　しつこいナンパを追い払ったとか』

『無自覚でそんなことできる奴がいるか』

『会長はやってたらしいけど』

『あんな人と一緒にするな』

基本的に人と深く関わろうとしない明日葉院さんが、唯一手放しで心酔しているのが我らが生徒会の長、紅鈴理会長なのだ。明日葉院さんが会長に憧れたきっかけのエピソードが確かそんな感じだったはず。

『それに、どうも本気で僕を好きって感じでもなかったんだ。言葉に全然感情がこもってなかったし、緊張して硬くなってるって感じでもなかった。罰ゲームでもやらされてるのかと思ったが、その割には見物人がいなかったしな……』

『罰ゲームでターゲットにするには大物すぎると思うけどね……』

どうやらこの男には自覚がないようだけれど、実は密（ひそ）かに女子から人気があるらしいのだ。これは決して彼氏を持ち上げるわけではないんだけど、水斗は学校ではクールぶってあんまり喋（しゃべ）らないし、成績も優秀なので、我が校の高偏差値女子からすると大人っぽくてカッコよく見えるらしい。

その割に一見地味な東頭さんと付き合ってる（ように見える）ので、なおさら夢を見させてしまっているというか……。ただのぼっちだった中学の頃から思うと、本当に偉くなったものだ。

ちなみに、その構図だと付き合ってることになってる東頭さんがやっかみを受けそうなものだけど、意外とそうでもなく、少なくない女子から微笑（ほほえ）ましく見守られているらしい。直接聞いたわけではないけど、暁月さんの力が働いているのではと私は推測している。

とにかく、明日葉院さんの告白は、嫉妬する以前に不審なのだ。

違和感だらけでいまいち信じられない――もしかするとこれは、彼氏が自分のよく知る美少女に告白された事実を信じたくない私の、現実逃避的思考なのかもしれないけれど。

……実際、水斗に身に覚えがなくても、私にはちょっとだけ、心当たりがあるのだ。

二年生に上がってから、明日葉院さんに避けられてるような気がする。

もちろん生徒会の仕事では普通に話すんだけど、言葉や行動の端々から、なんとなく……距離を取られているような。そんな感じがするのだ。

はっきり態度で示されたわけじゃなく、すれ違った他人の飼い犬が一歩自分から遠ざかった気がする、という程度の自意識過剰気味な違和感……。でもそれが気のせいじゃなかったのだとすれば？

水斗のことが好きになったから、そのきょうだいである私にも近づけなくなった――一応筋は通る。あるいは、私たちの知らないところで、私と水斗が付き合っていることを知ってしまったとか……。

なんにせよ、人が恋に落ちる理由なんて推理しようがない。昨日まで男嫌いだった人が、今日急に恋愛に目覚める、なんてことも、ありえないとは言い切れないのだ。

そして私に、それを咎(とが)める権利はない。

水斗が言い寄られるのが嫌なら、付き合っていることを公表するべきなのだ。家庭の事情があるとはいえ、それをしていない以上は、明日葉院さんの感情を否定することはできない。

明日葉院さんを班に誘った理由も、そういうことだった。

元々明日葉院さんは水斗や東頭さん並みにクラスに溶け込もうとしないタイプだった。その上、唯一ちゃんとした関わりのある私すら避けるものだから、新しいクラスで完全に浮いてしまっていた。

　無理強いはしたくないけれど、それでも少しくらいはクラスに溶け込めるように、私が間を取り持つことができれば……そう思っていた矢先だったのだ。

　そしてそのことと告白のことは、切り分けて考えるべきだ。

　もちろん告白を断られた相手と同じ班に入れられるのは気まずいだろうけど、それでも何にも知らない人たちの班に交ぜられるよりは……と思って、私が自分の班に引き取ったのだった。

「……まあ、君がいいならいいけどな」

　モノレール駅一階の広場に話し声が満ちる中、水斗は言う。

「もし彼女に何か裏の意図があるんなら、修学旅行中に何かアクションを起こすだろう。何かあったら報告する」

「別にいいのに。それよりも、明日葉院さんがちゃんと修学旅行を楽しめるように気を配ってあげて？」

「……余裕ができたな、君も。他の女子とちょっと喋ってただけでキレてた奴とは思えない」

「誰かさんが変な気を起こさなければ、の話だけどね」

「ないだろう、普通に」

「ほんとに?」

「君のほうが可愛い」

しれっと放たれた言葉に、私は驚いて一拍、間を開けた。

「……もう」

私は恥ずかしさを誤魔化(ごまか)すように水斗の肩を軽く叩(たた)く。世にも珍しい超天然美少女である明日葉院さんを向こうに回して、よくもはっきりと言えたものだ。

「座ってくださーい! 静かにしてくださーい!」

先生の声が響く。点呼が終わって、旅行会社の人からの説明が始まるらしい。

私たちも班のところに戻らないと。そう思って歩き出そうとしたそのとき、水斗が一瞬私に近寄って耳打ちした。

「(今日、どこかで時間作ろう)」

修学旅行の間は、ほとんどの時間、クラスのみんなと一緒に過ごす。

それは私たちが恋人として時間を過ごすタイミングがないということ。

その時間を……何とかして作ろうと、そう言ってくれているのだ。

あの水斗が、自分から!

「(うん。どこかでね)」

私は頬を緩ませながらそう返す。

中学時代の私たちに見せてあげたい。これが恋人というものだ。

伊理戸水斗◆いさなに優しいギャル

ポーン、という音とともに天井のシートベルト着用サインが消えると、隣のいさなが深々と溜め息をついた。

「……た、助かりました……」

「大袈裟な奴だな。というかまだ飛んでるぞ。外見るか？」

「見ません見ません！　わたしを殺す気ですか！」

今しがた飛行機の離陸が無事に終わり、巡航状態に入ったところだった。飛行機に乗るのが初めてらしいいさなは、席に座ってから今の今までガチガチに緊張していたのだ。

いさなはぶすっと不満そうな顔をしながら、

「水斗君も初めてなんじゃないんですか？　飛行機。強がってないですがりついてくれてもいいんですよ」

「よく言う話だが、飛行機事故の確率は自動車事故よりも低いんだ。僕は確率を信じる」

「根っからの文系のくせに理系思考……」

離陸の際は少し揺れたが、巡航状態に入ってしまえばバスよりも快適だ。目の前のモニターで映画を見れたりもするみたいだし、悪くないな、飛行機。

「わたしは落ち着きませんよ……。タブレットもありませんし……」

「修学旅行はスマホもタブレットも持ち込み禁止なんだから仕方ないだろ。君はスケッチブックを代わりにできるだけまだマシだ」

「時代錯誤じゃないですか？　連絡を取りたいときどうするんですか」

「班長には連絡用の携帯電話が配布されるんだよ。地図もそれで見れる」

「四日もネットに触れないなんて……頭がどうにかなっちゃいますよ！」

「さっきから文句が尽きないな。嫌なのか？　修学旅行」

「だって……」

いさなは肩を縮こまらせて、

「二日目にシュノーケリングがあるじゃないですか……」

「言っただろ。シュノーケリングは泳げなくても大丈夫だって。ライフジャケットで勝手に浮かぶんだから」

「水着を着ないといけないじゃないですか……！　もう一生着ることはないと思っていたのに……！」

「それも言っただろ。上にウェットスーツを着るから関係ないって」

「でもダイエットをしないといけなくなっちゃったじゃないですか！」

憤然たる主張に、僕は口の端を緩める。

「ちょうど良かっただろ？　ますます不健康になってたからな、君」

「ぐぬぬ……」

二日目午後の予定はシュノーケリングを含むマリン体験コースの他に、いくつかのコースを選択することができた。

その中から親友であるいさなの反対を押してでもマリン体験を選んだ理由の一つは、彼女の圧倒的な運動不足状態にあった。

目論見通り、結女や南さんを巻き込んで、いさなの運動不足を解消することができた――結女から聞き及んだところによると、案の定ちょっとお腹がぷにってたらしい。

もちろん理由はそれだけじゃない。海の中の世界を見ることは、イラストレーターとして芸の肥やしになると思ったからだ。修学旅行でもないと、シュノーケリングなんて一生しないだろうからな、こいつは。

「そんなこと言って、水着を見たかっただけなんじゃないんですか〜?」

ニヤニヤと下世話な笑みを浮かべながら、僕の女友達は言う。

「言ってくれればいつでも見せてあげるのに、シャイですねえ。本当はダメなんですよ? お母さんから『お前みたいな奴が修学旅行で水着になったら、禁欲状態の男子どもが爆発して死ぬ』って言われてるんですから」

「承認欲求を満たしているところすまないが、そういうのは事足りてるよ」

「ほほう。わたしのHカップと戦えると?」

「あいつも結構でかい」

「おほっ!」

シンプルに気色悪い声で興奮し、いさなは声を潜めて僕に身体を寄せる。

「(あの細い身体で? どのくらいですか? どのくらいですか? わたしだけに教えてくださいよ!)」

「君はなんというか……男よりも男みたいなやつだな」

なまじ女性だから僕もちょっとガードが緩んでしまうが、他人の彼女への興味の見せ方が男よりもすごい。

「いひひ……揉まれると大きくなるって本当なんですねえ。だったらわたしはフラれて正解でしたね。もし付き合ってたら今頃、日常生活に支障が出ているところでした」

「僕の英断に感謝するんだな」

「まあ今からでも遅くありませんけど」

「イラスト描くのに邪魔になるから遠慮しとく」

「おお〜。性欲に流されないマネージャーの鑑（かがみ）！」

「人間の鑑なんだよ、それは」

性欲に流されるのをデフォルトだと思ってほしくないもんだ。

そんないさなとのいつも通りのコミュニケーションをこなしていると、前の席から明るい声が割り込んできた。

「なになに？　なんかエッチな話してな〜い？」

前の席のヘッドレストから顔を覗（のぞ）かせたのは、派手な色の髪をコテか何かでカールさせた、見るからにやかましそうな女子だった。

僕はその顔を見上げて、「えーっと……」と頭の中を探った。

「吉野（よしの）……だっけか」

「うおい、うろ覚えかよ！　もう一ヶ月もクラスメイトやってるのにさあ。吉野弥子（やこ）！　弥生（やよい）時代の弥（や）に小野妹子（おののいもこ）の子！　ちょっとギャルっぽいからって記憶から消去しないでよね、水斗クン！」

クラス替えを経た我らが二年七組は、去年に比べると少し騒がしいクラスになっていた。その理由の半分以上を占めるのが、この進学校の特異点、吉野弥子だった。

髪染めヘアアレンジは当たり前、制服も着崩しまくり、もちろん教師に目を付けられているが、これで意外と成績優秀で、持ち前のフレンドリーさからクラスのまとめ役にもなっているので、ギリギリ見逃してもらえていると言う。

一年の頃、クラスの男子全員と関係を持ったとか、アホらしい噂が（川波経由で）聞こえてきたりもするが、この一ヶ月の様子を見てる限りは、どんなクラスにも一人はいる気さくな女子が少し派手な格好をしているだけ、といった印象だった。

僕にしては珍しくただのクラスメイトをこんなに記憶しているのは、彼女がよくいさなに話しかけているからだった。どうやら去年同じクラスだったらしい。いさな曰く、『オタクに優しいギャルは本当にいるんですよ』。オタクというか、誰にでも優しいだけだろうと思った。

ちなみに以前、いさながギャルの真似をしたことがあったが、モデルは彼女だったらしい。やっぱり語尾に『し』なんてつけてないじゃないか。

僕は吉野のむやみに親しげな笑顔を見上げながら言う。

「いきなり男を下の名前で呼ぶのは感心しないな。馴れ馴れしいと思われるぞ」

「えー？　別にいいじゃん。伊理戸クンだと結女ちゃんのほうとややこしいしさあ、いさなちゃんがずっと『水斗君』って言ってたから頭に焼き付いちゃってんだよね。……あ、もしかしてぇ……」

吉野はによっと猫のように唇を曲げると、からかい口調で言う。

「その呼び方は愛しのカノジョ専用ってこと？　うっへへへ！　見せつけてくれますなぁ！」

……ちなみに、彼女は今のクラスでダントツに僕といさなの仲をからかってくる。一応ただの友達だと説明はしたが、否定すればするほど向こうのテンションが上がっていくのでもう諦めた。

「もう好きにしてくれていいよ……。勘違いした男に刺されないように注意するんだな」

「ご忠告どーもー☆　そういうのは慣れてるから大丈夫だよん」

「――おい！　トイレ以外では席を立つなー！」

教師の注意する声が飛んできて、席に膝立ちになって後ろの僕たちを覗き込んでいた吉野は「はーい！　すんませーん！」と言って、ヘッドレストの向こうに顔を引っ込ませる。

これに一年間まるまる絡まれていたと思うと、いさなの苦労が偲ばれるな……。いさな的にはむしろ助かっていたのかもしれないが。

そう思って隣を見ると、ちょうどいさなの頭がこてんと僕の肩に寄りかかってきた。

「……すう……すう……」

そういえば慣れない早起きで限界だったんだっけか。騒がしくて忘れてた。

沖縄に着いたら夜まで寝る暇はないし、今のうちにめいっぱい眠らせてやろう。

「………………」

どこかから――具体的には南さんの声がする方向から――つまりは結女がいる方向から刺すような視線が飛んできているような気がするが、今は気付かなかったことにした。

伊理戸結女◆沖縄到着

「暑い……」

那覇空港の到着ロビーを出ると、途端に熱気が全身を包み込んだ。

京都はまだ涼しい日が多いのだけれど、こっちはもうとっくに夏の陽気だった。気温は二十五度を超えて、三〇度に迫ろうとしている――なんとなくカラッとした暑さを想像していたんだけど、普通に蒸し暑かった。

修学旅行一日目のスケジュールは、夕方にホテルに到着するまでは制服で行動することになっている。もちろん衣替えの前なので、みんな長袖のワイシャツだ。地獄のように暑いことで有名な京都の夏に鍛えられている洛楼生たちも、自動ドアを潜り抜けてくるたびに悲鳴を上げてシャツの袖をまくり上げていた。

「うへえ〜、あっつ〜！　扇風機持ってきてよかった〜！」

ちっちゃい扇風機で風を自分の顔に当てながら、暁月さんが言う。

「結女ちゃんは大丈夫〜？　扇風機貸そうか？」

「帽子持ってきたから大丈夫。本当は日傘があれば良かったんだけど、かさばるのよね……」

「日傘！　めっちゃ似合いそ〜！」

目を煌めかせる暁月さんの後ろから、げんなりとした顔の東頭さんと水斗が出てきた。

「寝起きにこの暑さは堪えます……」

「少しくらい準備してこいよ……。とりあえず水飲め」

水斗が甲斐甲斐しく世話を焼いている。さっきは眠った東頭さんに肩を貸していたし、あれで付き合ってないというのは無理がある。まあ私も東頭さんと出会ってもう一年になる――とっくに慣れてしまったけれど、正真正銘の恋人として埋め合わせを要求する権利くらいはあるだろう。

問題は、二人きりになれる時間はいつ来るのかっていうことだけど……。

「班長集合ーっ！」

先生が号令したので、班長である私は小走りにそちらへ向かう。

そして配布されたのは、連絡用の携帯電話だった。折り畳み式で、電卓みたいにボタンがいっぱいついている。

「うわっ、やばっ！　これガラケーってやつ？　リアルで初めて見たかも！」

横で驚きの声をあげたのは吉野さんだった。二年七組には五つの班があり、五人の班長がいるけれど、彼女もまたその一人だ。

彼女はちょっと高そうな腕時計をつけた手で、携帯をパカパカポチポチいじりながら、

「せんせー！　これってインスタ見れるんですかぁー？」

「見れるわけないだろ。そのためにガラケーにしたんだ。電話とカメラ、地図は使えるようにしてあるから有効に使え。レンタルだから壊すなよ」

「うへあ～。インスタも TikTok も見れない携帯とか何すんの？　ねえ、結女ちゃん？」

急に水を向けられた私は少し驚いて、だけど如才なく共感の笑みを浮かべる。

「そうね。私も普段はそのくらいにしか使わないかも」

「だよね～！　でもカメラが使えるんならいっか！」

あっさりと手のひらを返して、吉野さんは弾むように自分の班のところに帰っていく。

吉野さんは暁月さんとも違う種類の明るさで、その全方位無差別な距離の詰め方にいつも驚いてしまう。中学時代の私だったら絶対に近づけないタイプだったけど、私が成長したのか吉野さんがすごいのか、グループこそ違うものの普通に話すくらいのことができていた。

私も班のところに帰ると、暁月さんが早速、私が手に持っている携帯電話に目をつける。

「うわっ！　ガラケーじゃん！　初めて見たっ！　ちょっと触らせて触らせて！」

「いいけど壊さないでね」

川波くんと一緒になって、物珍しそうにガラケーを弄る暁月さん。意外とガジェット好きなのかな？

水斗は相変わらず東頭さんの世話を焼いていて、残り一人——明日葉院さんは少し離れたところで、何をするでもなく沖縄の青空を眺めていた。

明日葉院さんとは飛行機でも近くの席だったけど、結局一言も話すことはなかった。水斗に告白したこと……それとなく聞きたかったんだけど、会話のとっかかりすら摑めない。この子が恋をしているなんて、事前に教えてもらえなければ想像もつかないくらい、見えない壁を張っていた。

でも……尻込みばかりしていても何もできない。修学旅行はもう始まっているのだ。

多少強引でもいいから何か話そう。そう決めて私は、明日葉院さんに向かって足を踏み出した。

「明日葉院さんは大丈夫？　帽子とか持ってきてる？」

明日葉院さんはちらりと私の顔を窺うと、すぐに目をそらして言う。

「日焼け止めは塗りました。ご心配なく」

「……そう……」

会話終了。

前から思っていたけど、私は探偵にはなれそうもない。

伊理戸水斗◆模倣

昼食を取った後、僕たちを乗せたバスは平和祈念公園へと移動した。

太平洋戦争における沖縄戦の資料館や、戦没者の名前が刻まれた慰霊碑がある場所で、沖縄が修学旅行の行き先に選ばれる理由の塊みたいな施設だ。

何十もの四角い慰霊碑は整然と放射状に並び、その間を通る真っ白な石畳を歩く時間は、むやみに感傷的になることを好まない僕もさすがにしめやかな気分になった。

その後、資料館を回ったり、未来を担う若者としてうんたらかんたらといったセレモニーを終えると、バスが出るまでの間、しばらく待ち時間になった。

他のクラスメイトたちが駐車場の程近くにある子供用の広場を見物しに行ったりする中、僕は日差しと喧騒を避けて一足先にバスに乗り込み、持ってきておいた文庫本を開いていた。

こういうとき、娯楽をスマホに頼っている人間は損をする。学校がスマホの使用を禁止することはあっても、紙の本を読むことを禁止することはめったにない。

……あるいは、朝に約束した結女との時間を取るチャンスかとも思ったのだが、彼女は早々に暁月さんたちに連れられてどこかに行ってしまった。こういうときばかりは、日陰者ゆえに自由に行動できていた中学の頃のほうが便利だったな、と思ってしまう。

そうしていると、僕しかいなかったバスの中に別の人物が乗り込んできた。

気にすることもないと僕は文庫本の文字に集中していたが、その人物が僕の隣の席に座ってきたとなると、さすがに目を向けずにはいられない。

明日葉院蘭だった。

他のすべてが空席の中、わざわざ僕の隣を選んで座ってきたその女子は、整った顔立ちを前の席のヘッドレストに向けたまま、何を言うでもなく膝の上に手を置いている。

何か言いたげな行動だったが、何も言いたくなさそうな雰囲気だった。

このまま無視するのもアリだったが、彼女の意図を正しく摑んでおかなければ、これからの結女の人間関係に禍根を残す可能性がある。僕は仕方なくページに指を挟んで本を閉じ、明日葉院の横顔に向かって口を開いた。

「どういうつもりだ？」

「好きな人の隣に座りたくなったらダメですか？」

まるで用意してきたような台詞だった。

僕は溜め息を堪えつつ、

「諦めるつもりはないのか」

「そう言ったはずです」

「つまりこれは、僕を口説こうとしているのか？」

「そういうことになりますね」

「……まあいいさ。好きにしてくれ」

泳がせてみるのも手かと思って、僕は再び文庫本のページを開く。

しばらく、ページをめくる音だけが響いた。

「…………………」

「…………………」

明日葉院のほうから話しかけてくる様子は、さっぱりなかった。

ちらりと横目で様子を窺うと、なにやら目を泳がせ、身体も緊張で硬くしているように見える。それを見れば、誰だって事の次第は察することができた。

「……アプローチの仕方がわからないならそう言えばどうだ？」

「……っ……」

明日葉院は気まずそうな表情で、ほんのりと耳を赤くする。

告白のときから数えて、一番可愛げのある反応かもしれない。

「あのな、明日葉院」

明日葉院の横顔をまっすぐ見つめて、僕は言う。

「はっきり言うが、僕は君の告白をまったく真に受けてない。他に何かしら意図があるんだろうと推測している。さっさと本当のことを話してくれれば、僕も修学旅行に集中できるんだけどな」

もうちょっと腹の探り合いになるかと思ったが、僕も彼女もどうやらそういうのは不得手らしい。となればまっすぐに質問する他にはなかった。

　五秒ほど間を置いて、明日葉院は答える。

「本当のこととは……何ですか？　わたしはあなたのことが好きで、あなたと付き合いたいと思っています。それだけのことです」

「無理があるだろう。君がいつ、僕の何を好きになったって言うんだ？」

「それは……」

　今度は一〇秒ほど、明日葉院は沈黙を挟む。

「あなたが一番……マシだったからです」

「マシ？」

「他の男子はみんな頭が悪そうで……とても、話が合いそうには思えません。その点あなたは男子の中ではトップの成績ですし、短絡的な行動に走るタイプにも見えません」

「……彼氏を作るとすれば、僕の他に選択肢がなかったってことか？」

「そう……ですね」

「おかしな話だな。それじゃあまるで、どうしても彼氏を作らなければならない事情があるみたいじゃないか」

　明日葉院は唇を引き結んだ。

「親に許嫁でも決められたか？　それをなかったことにするために恋人のフリを――って言うなら、協力してもいいけどな」

「そんな話があるわけないでしょう。わたしの家は一般家庭です」

僕の冗談に大真面目に答えて、明日葉院は逆に強く、僕の顔を睨み返してくる。

「わたしはそんなにダメですか？　何が不足なのか言ってください」

「だから言っただろ。僕にはもう付き合ってる相手がいるんだよ」

「東頭さんのことですか？　そうでしたら、わたしでもあなたの需要は満たせると思いますが」

豊かな胸元を上から押さえるように手を添えながら、明日葉院は言った。

僕は眉根にしわを寄せて、その大きな瞳を睨み返す。

「君には三つ言うべきことがある」

「……何ですか？」

「一つ、いさなはただの女友達だ。二つ、僕の友達の長所が胸しかないみたいに言うな」

「……普段からご自分でそう言っておられるような気がしますが」

「自分しか言っちゃダメなんだよ」

三つ、と僕は続ける。

「結女から聞き及んだところによると、そういう見られ方をするのが一番嫌なんじゃなかったか？」

幼い頃、男子にからかわれたのが原因で男嫌いになった——と聞いている。

自分のスタイルのことだって疎ましく思っているタイプだろう。なのに自分の価値はそれしかないみたいに言って男を誘うなんて、彼女らしくないにも程がある。

僕の指摘を受けた途端、明日葉院は意気を失って、俯きがちになって呟いた。

「そう……ですね。その通り、です」

「僕は君のことを大して知らないが、今のが君らしくない行動だということはわかる。その理由を話してくれと言ってるんだ——悪いようにするつもりはない」

「……わたしらしさなんて……」

消え入るようなかすれ声で、明日葉院は呟く。

「そんなもの……とっくにわかりませんよ……」

切々とした、訴えかけるような、だけど迷子のような。

あの告白以降、僕は初めて、彼女の言葉を聞いた気がした。

「……少し、いいですか？」

答える前に、明日葉院は僕の肩にもたれかかってきた。

頭を枕にするような――そう、飛行機で眠ったいさなのような。

真似をしているんだと、すぐに気がついた。

「異性に近づくと……ドキドキするものらしいですね」

その格好のまま、明日葉院は言う。僕は彼女の頭の重みを肩に感じながら、「大抵はな」と答えた。

「あなたは今、ドキドキしていますか？」

彼女にとって重要な問いなんだろう。

だから僕も正直に答える。

「してないよ。僕がそうなる奴は、もう決まっている」

あのいさなの距離感にも慣れた僕なのだ。今更この程度じゃ動揺しない。

何より、その気のない奴にその気になるほど、僕は純粋じゃない。

「そうですか……」

どこか残念そうに、だけどどこかホッとしたように、明日葉院は呟いた。

彼女は何かを隠している。

それは明白だったが、おそらく僕ごときでは届きえないほどに、彼女の心の奥深くに隠されている気がした。

「――――ったねー！」

そのとき、騒がしい声がバスに近づいてきて、明日葉院の頭が弾かれたように離れた。

ほどなくしてバスに乗り込んできたのは、吉野弥子とその友達二名だった。

三人は僕の隣に座っている明日葉院を見ると一瞬固まり、それから吉野を先頭にして近づいてきた。

「あれー？　蘭ちゃんじゃーん！」

語調は明るいのに、なぜか冷たい感じがした。

「そこ……蘭ちゃんの席じゃないけど？」

三人分の視線が、明日葉院を突き刺す。

明日葉院はしばらく吉野の顔を見上げて、その視線を受け止めると、

「……そうでしたね。すみません」

そう言って、すっくと席から立ち上がった。

そして明日葉院は僕から離れた窓際の席に移動し、吉野たちはぺちゃくちゃとお喋りを再開しながら一番後ろの席に移動した。

……バスの座り順に、決まりなんてなかったはずだけどな。

僕の与り知らぬところで何かが起こっているらしい――その確信だけはあった。

伊理戸結女◆異性がいなくなると緩くなる

一日目の宿泊場所は高級そうなリゾートホテルだった。先生から先んじてカードキーを班ごとに配布されると、地下一階の団体用の入り口から中に入る。広々としたホワイエからは、これまた結婚式場のように広い宴会場に繋(つな)がっているようだった。たぶん夕食の会場はここだろう。

時刻は夕方、17時くらい。夕食の前に荷物を部屋に運んで、制服から私服に着替えなければならない。これは生徒会活動を通じて知ったことだけど、ホテル側のルールで、館内を制服で歩き回ったらダメらしい。

そういうわけで、それぞれエレベーターで上階に上がる。私たち七組女子の部屋は七階だった。四人一部屋で、班の女子がちょうど四人だったからそれがそのままルームメイトとなっている。つまり、私、暁月さん、東頭さん、そして明日葉院さんの四人だ。

私がカードキーを入り口横のカードスイッチに差し込むと、ぱっと部屋に明かりが灯(とも)る。大きなベッドが二台ずつ、向かい合わせに置かれた部屋だった。奥には那覇市の風景が遠くまで見渡せる窓がある。

「ふいー……暑かったです……」

東頭さんがベッドのそばにどさりとバッグを置いて、そのままばたりとベッドに仰向け(あおむ)に倒れ込む。カードキーを差し込むと同時にエアコンも効き始めていて、その風を全身に受ける格好だった。

続いて暁月さんがはしゃいだ様子で、

「ベッドでかっ！　ねえねえ、どれを誰のにするー？　あたし結女ちゃんの隣ー♪」

「うーん……身の危険を感じるからNGで」

「ひどっ！　じゃあ東頭さんの隣！」

「あー……下心を感じるのでNGです」

「二人ともあたしを何だと思ってんの⁉」

私は笑いながら、東頭さんが大の字になっているベッドの隣に荷物を置いた。自然と暁月さんは明日葉院さんの隣ということになってしまうけれど、まあ明日葉院さんに手を出すほど暁月さんも野獣ではないだろう。初対面でおっぱい揉(も)んでたけど……。

私がベッドに腰掛けて一息つくと、全身でエアコンの風を浴びていた東頭さんがごろんと寝返りを打って、私のほうに身体を向けた。

そして表情を変えないままに言う。

「……すぐ隣で結女さんが寝ると思うと……なんだかエッチですね」

「……やっぱり明日葉院さんの隣にしようかな」

「セクハラしてすみませんでした！　南さんで貞操を失いたくないのでそこにいてください！」

「うおい！　今失わせてやろうか！」

　暁月さんがさすがの跳躍力で東頭さんの身体(からだ)にダイブし、その豊満なおっぱいに顔をうずめた。東頭さんは「ぬぎゃー！　大きくなる〜！」とよくわからない悲鳴を上げる。

「じゃれ合うのはいいけど、二人とも……先に着替えたら？」

　巨乳に包まれてご満悦の暁月さんと、揉みしだかれて悶(もだ)える東頭さんに、私は言う。

「汗かいたんでしょ？　そのままだとシーツが汚れちゃう」

「おっと、そうだねー。あたしも着替えたいや」

　そう言いながら暁月さんは東頭さんから離れず、組み伏せた彼女を見てニヤリと笑った。

「東頭さん。脱がしてあげよっか？」

「え……？」

　東頭さんが戸惑っている間に、ぷちり、と一個、ボタンを外す。

　制服に隠されていた東頭さんの胸の上側が露(あら)わになった。

「ちょっ……ちょちょ、ちょっとストップ！　ストップです！　これなんかエッチです！」

「脱がすよ～？　脱がしちゃうよ～？　どんなブラ着けてるの～？」

「ギンギンになってます！　ギンギンになってますよ、心の中の（自主規制）が！」

およそ乙女のものとは思えない単語が飛び出して、私は少し顔が熱くなった。男子の目がなくなった途端にこれか！

「ならいでか！　クソエロい身体しやがって！」

「せめて、せめて優しく……！」

「ちょっと二人とも！　テンション上がってるのはわかるけど、はしたないこと言うのは

控えてよ！　明日葉院さんもいるんだからね!?」

東頭さんと暁月さんはぐるりと同時に私のほうを見て、それからこそこそと小さな声で話し始めた。

「（純情ぶっちゃって。自分が一番馴染み深いくせにね？）」

「（そうですよ。毎日咥え込んでるくせに羨ましい……）」

「こらぁ！　聞こえてるからっ！」

私が枕を摑んで投げつけると、二人はキャーッと楽しそうに悲鳴を上げる。

ちらりと明日葉院さんの様子を窺ったけど、どうやら今のは聞こえてなかったみたいだ。

我関せずとばかりに制服のシャツを脱ぎ、ハンカチで胸の谷間を拭っている。

「うわー……わかります、それ……」

その様子を見て、上体を起こした東頭さんが言った。

「汗溜まりますよねー、そこ……。ほっとくと痒くなりますし……」

明日葉院さんが反応して、東頭さんのほうを見る。

「……そうですね。夏は面倒です」

「夏服になるとブラも透けちゃいますしねー」

「かといって肌着を着ると今度は暑くて……」

「そうですそうです！　なおさら汗かいちゃうんですよね！」

その会話を聞いて、暁月さんがわなわなと震えていた。

「巨乳が……巨乳がわかり合っている……！　汗が溜まるって何⁉　起こったことないよそんな現象！　ねえ結女ちゃん⁉」

「……ごめん、暁月さん。私はちょっとわかるかも……」

「むぎゃーっ！　この部屋にはデカパイしかいない！　………天国か？」

暁月さんって、胸の大きさにコンプレックスがあるって言うより、単に巨乳が好きなだけよね。

……それにしても、明日葉院さん、普通に話してたな。やっぱり私だけが避けられているのか、それとも東頭さんには共感するところがあるのか……。

私は荷物から着替えを出してベッドの上に置くと、制服のシャツを脱ぐ。東頭さんの言う通り、生地の薄い夏服に着替えると、結構簡単に下着が透けて見えてしまう。だけどその点に関しては抜け目がない。私はちゃんと今日も、透けにくい色の下着をつけてきていた。四日分の下着、すべてがその観点から選別済みだ。

他の女子にからかわれないよう、デザインもシンプルなものを揃(そろ)えた。……シンプルじゃないのもあるのかと言うと、まあそこは、なんというか、うん。

「うわっ！　ちょ、来て来て！」

サンドベージュのブラウスと白いロングスカートに着替えた頃、下着姿のまま窓際に立っている暁月さんが、私に向かって手招きをした。

私は着替えをしている東頭さんの横を通って暁月さんに近づく。

「暁月さん……そんな格好で窓際に立っちゃダメでしょ」

「こんな高いところ、誰にも見えないって！　それより見てよ、下！」

暁月さんの隣に立って、窓の下を覗(のぞ)き込んだ。

ここから四階くらい下に、青く輝くプールが見える。その横にはバーベキューテラスが併設されているみたいだった。

「プールだよプール！　リゾートじゃない⁉」

「私たちは入れないけどね。説明あったでしょ？」

「えー？　ケチじゃない？　せっかく水着持ってるのにさー」

「マリン体験コース選択の人だけね」

水着が必要になるのは私たちを含むマリン体験コースの生徒だけで、他の生徒は水着を持ってきていないはずだ。

「もったいないよねー。夜とか絶対めちゃくちゃ綺麗(きれい)だよー。夜景が見えるプールとかさー」

「まあデートだったら行ってみたかったけどね……」

これが修学旅行である以上、あんなおしゃれなプールに近づく機会は――

「――あ、そっか」

「結女ちゃん？」

「ご、ごめん。なんでもない」

これが修学旅行である以上、あんなおしゃれなプールに近づく機会はない。

つまりあそこなら――誰にも見咎(みとが)められず、水斗と会うことができるのでは？

伊理戸水斗◆今までは見えなかったもの

僕の部屋の同居人は川波とあまり話したことのないクラスメイト二人だった。この二人は川波が他の班から引き抜いてきた面子で、どういう選別理由なのかと聞いてみると、

「そりゃもちろん彼女持ちよ。いろいろ融通効かせるにも同じ部屋のほうが都合がいいだろー？」

とのことだった。直感的に気持ち悪いなと思ったが、確かに僕としても都合が良いので強くは言えない。

そして19時からは夕食だった。宴会場で卓盛形式だ。班ごとに座ったテーブルに所狭しと肉を焼いたやつや魚を蒸したやつやご飯を炊いたやつが並べられ、それを取り分けて食べるのだ。

一番大食いだったのはやはりというか川波で、それと同じくらいの量を食べていたのが意外にも南さんだった。あの小さな身体のどこにあれだけのエネルギーが消えているのか不思議でならないが、結女が軽々しくもそれを突っ込むと、「あたしのほうが聞きたいよ！」とキレていた。

夕食が終わると、もう今日は風呂に入る以外やることがない。消灯の22時までは自由時間みたいなものだ。大浴場ではなく、客室の風呂でそれぞれ済ませる形式なので、あまり時間を気にする必要もない。

とはいえ、せっかくの修学旅行でさっさと部屋に引っ込んでしまうのももったいないような気がして、結女とこっそり会える場所を探すがてら、ホテルの中を一通りぶらついてみようと思った、その矢先だった。

「――ない？」

宴会場がある地下一階のエレベーターホールで、女子の話し声が聞こえてきたのだ。

少し遠目に様子を窺ってみると、見覚えのある姿――明日葉院が、三人の女子に囲まれているようだった、

よく見てみれば、その三人の女子のうちの一人は吉野弥子だ。丈の短いキャミソールみたいなものとほとんど下着みたいなホットパンツで、お腹も太ももも大胆に露わにしたそのファッションは彼女以外にはいない。残りの二人は普段から彼女と一緒にいることが多い面子――よく言えば友達、悪く言えば取り巻きだった。

吉野のグループのほうが一方的に喋っているようで、刺々しさを帯びた声が僕の耳にも届いてくる。

「空気読みなよ～。みんなで見守ってるんだからさあ」

「そうそう。抜け駆けはないよマジで。もしかして自分のほうが釣り合うとか思っちゃった？　感じ悪いよ、そういうの」

……穏やかな話題ではなさそうだな……。

吉野グループのほうはまるで上司が部下に説教するような態度で、明日葉院のほうはそれを黙って聞いているだけだった。なんとも鼻持ちならない光景だが、ここで助けに入るほどの正義感はあいにく持ち合わせていない。それに何についての話なのかも、僕からすると要領を得なかった。

幸い、僕が助けに入るまでもなく、吉野が「まあまあ」と言って他の二人をなだめた。

「そんなに言ってやんなよ、二人とも～。蘭ちゃんはちょっと気持ちが暴走しちゃっただけなんだからさあ～」

「え～？　でも許せなくない？　東頭さんのことを考えたらさ～」

……東頭？

もしかして……僕たちの話か？

「そりゃあ抜け駆けは良くないけどさあ、今から気をつければいいことじゃん。ねっ、蘭ちゃん？」

吉野は明日葉院の肩に手をかけてにこやかにそう言ったかと思うと、明日葉院の耳元に少し口を寄せた。

「――――――」

「……！」

今……吉野の後ろにいる女子二人にはわからなかったかもしれないが、側面から見ている僕の目にははっきりと、吉野が明日葉院に何か耳打ちしているのが見えた。

そして明日葉院はそれと同時に、少しだけ眉を上げて驚きを表情に示していた。

吉野はスッと離れると、笑顔を浮かべて自分の友達二人に振り返る。

「上行こーよ。コンビニ行きたくない？」

そしてエレベーターのボタンを押し、ほどなく開いた扉に入って、三人は姿を消した。

残された明日葉院も、他のエレベーターに乗って消える。

話から察するに……いさなと付き合っているはずの僕に明日葉院がちょっかいを出していたから、それを牽制(けんせい)していたってところか。

話に聞く女子同士による集団的自衛権の行使だ。三対一で取り囲んで、どうしても陰湿なイメージは拭えなかったが、川波や南さんが僕と結女にちょっかいを出そうとするやつを水面下で潰していたのとやってることは変わらない。

明日葉院はあんなリスクを背負ってまで、どうして僕に告白なんかしてきたんだろう。

それに、最後の吉野の耳打ちは……？　何を言われて、明日葉院はどうして驚いた？

……去年度までの僕は、結女やいさなのことしか考えている余裕がなかった。

それにひとまずのケリがついて、他のことを視界に入れる余裕ができたのはいいものの……どうやら思っていたよりも、学校という場所はややこしいらしい。

「――あ、いたいた」

声に振り返ると、宴会場のほうから結女が小走りに近づいてくるところだった。

制服から変わった結女の今の装いは、砂色のブラウスと足首までのスカートで、吉野と比較するとわざとらしいくらい清楚に見えた。

「もう。隙あらばどこかにいなくならないと気が済まないの？　あなたって」

「手持ち無沙汰だったんでな。時間を有効に使おうと思っただけだ」

あんまり宴会場に留まるなと、教師に注意されていたこともあるし。

「まったく。あなたのことは、ちゃんと約束して捕まえておかないとダメね」

「約束って――」

その瞬間、結女はすっと僕に身を寄せて、どこか楽しげな声で囁きかけた。

「（21時、三階のプールで）」

言われて、すぐにピンとくる。

プールは僕たち修学旅行生は使用禁止だが、別に立ち入り禁止というわけじゃない。消灯の一時間前となるとほとんどの生徒が客室で就寝に備えるだろうし、見咎められる心配はほとんどない。

「(……わかった。21時に)」

結女は微笑んでこくりと肯くと、身を離して「じゃあね、おやすみ」と手を振りながら、宴会場の方向に戻っていった。

抜け目がなくなったものだ。あの真面目だった綾井が。

楽しみが増えたことを素直に喜びながら、僕は自分の部屋を目指した。

伊理戸結女◆下心は意外とバレる

同部屋の四人でひとまず客室に帰ってくると、私はまずこう切り出した。

「お風呂どうする？　順番」

ベッドに腰掛けた東頭さんが首を傾げて、

「もう入るんですか？　消灯まで結構ありますよね」

「えーっと……」

暁月さんが鞄から自分のしおりを出して確認する。

「22時だから、あと二時間以上あるよね」

「そうなんだけど、四人が一人ずつ順番に入るって考えたらギリギリでしょ？」

一人三〇分としたらちょうど二時間。消灯時間ギリギリに全員入り終わる計算になる。

暁月さんがチッとこれ見よがしに舌打ちをした。

「時間なくして二人で入ろうと思ってたのに……」

「確かにここのお風呂結構広いけど、下心があるからダメ」

四人部屋だからなのか、トイレとお風呂場がちゃんと分かれてるタイプだ。浴槽だけじゃなく、シャワーを浴びるところもちゃんとある。

そこで東頭さんがシュバっと手をあげた。

「はい先生！　下心がなければ大丈夫ですか⁉」

「その質問が出た時点で下心ありと見做します」

「はーい……」

……それと東頭さんの場合、私のほうが下心が出ないとも限らない。あの胸は何度思い返してもすごい……。

「わたしは後でもいいです」

そう言ったのは明日葉院さんだった。

「お風呂は短いほうですし……髪を乾かすのもすぐですから」

確かに明日葉院さんはこの中で一番髪が短い。お風呂に入るのが消灯間近になって一番困るのは髪を乾かす時間がないことだから、明日葉院さんを最後にするのが理にかなっている。

「それじゃあ私が最初でもいい？」

その流れに乗る形で、私は提案した。

「ほら、髪を洗うのにも乾かすのにも時間がかかるし。21時を過ぎてから入ると間に合わないかも……」

そう。これが帰ってきて真っ先にこの話を始めた理由。水斗と約束した21時にプールに向かうには、今すぐにでもお風呂に入らないとタイミングがなくなってしまう。

とはいえ、その事情を素直に説明するのは憚(はばか)られるし、どうにか自然に切り出せる流れができないものかと自分から話題にしたのだ。

目論見(もくろみ)通りだった。誰も私を疑うまい……。

と、心の中でほくそ笑んでいたら、暁月さんと東頭さんがしらっとした目を私に向けていた。

「別にいいけど～……」

「何かあるんですかね～……？　急いでお風呂に入らないといけない理由が～……」

なんでそんなに鋭いの⁉

暁月さんがやれやれとばかりに息を吐いて、

「まあいいけどね。21時からどんな予定があっても。じゃああたしは結女ちゃんがお風呂に入ってる間、他のクラスの友達の顔でも見に行こうかな。二人はどうする？」

「わたしは……ちょっとぶらつきましょうかね。綺麗なホテルですし……。使えそうなロケーションがありそうです」

「……わたしは」

明日葉院さんが言った。

「部屋にいると思います。勉強道具は持ってきてあるので」

「うへ～、修学旅行でまで勉強かぁ～」

黙々と参考書を取り出す明日葉院さんに、私は微笑んで言う。

「さすが学年首席」

「…………どうも」

やっぱり明日葉院さんは、私の言葉にはまともに答えてはくれなかった。

伊理戸水斗◆二人のときしか見せない顔

更衣室を抜けてプールに出ると、そこには独り占めの夜景が広がっていた。

他には人っ子一人見当たらない。入り口の前に貼ってあった紙によると遊泳時間は21時までで、すぐそばのバーベキューテラスもすでにラストオーダーが終わっているようだ。そういうわけで21時現在、このプールには僕以外の人間はいないようだった。

プールまでの間には、誰かが通った跡だろう、ウッドデッキに水の筋が二つ伸びている。それを避けながら進んで、プールのそばにあるパラソルの下に入った。

パラソルの下には白いデッキチェアがある。それに腰掛けて、僕は夜景に溶け込んでいるようなプールを眺めた。

このプールは建物の外縁に接するように設けられている。プールと空中の境目が一見見えないようになっていて、プールの水面と見渡せる風景が一体化しているように見える仕組みなのだ。

僕はシンガポールのマリーナベイサンズを思い出した。何かで見たが、あのビルの上にでかい船が乗っているとんでもないホテルにも、こういうプールがあったような気がする。

プールはライトアップされていて、水面に映り込んだ夜景を浮かび上がらせるように輝いており、なるほどいい雰囲気だった。そしてパラソルの下にさえいれば、背後にそびえるホテルの上階から姿を覗き込まれることもない。

プールで遊ぶのが禁止されているだけで、近くで眺めるのは禁止されてるわけじゃない、か……。

「悪知恵が働くようになったもんだ……」

「誰が？」

声がして、後ろから肩越しに結女が顔を覗き込ませてきた。

僕は少しびっくりして身体を仰け反らせ、

「なんだ……もう来てたのか」

「私はちゃんと時間を守るタイプだから。そっちこそ早いじゃない。もしかして、楽しみだった？」

悪戯っぽく微笑む結女に、僕は堂々と言ってやる。

「もちろん。待ちきれなかったよ」

すると結女はつまらなそうに唇を尖らせた。

「あなたが言うとなんか嘘っぽい……」

「心外だな。誠実に愛情を伝えようとしている彼氏に向かって」

「今更キャラ変されてもねえ」

ちょっと詰めて、と言われて、僕がデッキチェア上で少し横にずれると、結女はすぐ隣にお尻を下ろした。

デッキチェアの足側――つまり長方形で言うところの短辺に二人も座るものだから、スペースがギリギリで、肩が密着する形になった。

いくらなんでも窮屈なので、僕は自分の肩を結女の後ろに入れて、彼女のお尻の後ろに手をつく。なかば腰を抱いているような格好だが、これはたぶん、夜に密会をする男女としては適切な距離だろう。

結女も甘えるようにして僕のほうに身を寄せ、夜景に溶けているプールを見やる。

「綺麗……」

空には晴れた星空、地には煌めく夜景――そしてその両方を水面に映すプール。

宝石をちりばめたようなそれに、結女の大きな瞳が吸い込まれる。

僕はしばらく黙ってその様子を見守っていたが、やがてその瞳がすいっとこっちを見た。

「……しょうもないこと言おうとしてない？」

疑いの目だった。

僕はご期待に沿うことにする。

「君のほうが綺麗だよ」

「ほらそれ！　絶対言うと思った！」

「本当なんだけどな」

と言いながら、くっく、と僕は笑いを嚙み殺す。

思いついたのは事実だが、さすがにこれは嘘臭すぎると僕も思った。

笑いの波が収まると、僕は改めて光り輝く世界を眺めながら、独り言のように言う。

「……正直さ、こんなにちゃんと修学旅行を楽しめる日が来るなんて思わなかったよ」

「楽しめてる？　一人でどこかに消えて本を読んでる印象しかないんだけど……」

半眼になって言ってくる結女に、僕は今度こそ本気で言う。

「君がいるからだよ。……話す機会がなくても、すぐそこに君がいると思うと楽しい気分になってくる」

結女はさっと頰を赤く染め、反応に困ったように目を泳がせる。

「な、何それ……。いつからそんなキザになったの？」

「反省したんだよ。中学のときのことを踏まえてさ。いくら愛情が本物でも、それを伝えようと努力しないと長続きしない……。僕は今まで、言葉が足りなすぎたと思う」

本当に……それは、去年一年間を含めての話だ。

言葉もなく通じ合う関係は、確かにそれはそれで心地が良かった。

でも、そんなことといつまでも続くわけがない。彼女との関係をいつまでも続けたいのなら、地道に言葉を尽くすことを疎んではいけないのだ。

よりを戻すと決めたとき、二人で深く話し合ったとき……それに気が付いた。

だから僕は、カッコつけて言葉をもったいぶるのはやめたのだ。そう、僕がキザだった時期があるとしたら、それはむしろ去年のことだ。

「……まったく、おかしくなってくるよな。去年の今頃は、もう二度と恋愛なんてしない、恋愛なんてする奴はアホだと思っていたのに」

「本当にね」

結女は懐かしむように微笑んで、

「恋愛に頭がやられた人間を見下していたのに……今まんまと、元の木阿弥になってる」

「だから付き合ったり別れたりを繰り返すんだろうな、人間って」

「そうね。……別れたり、を繰り返すつもりはないけど」

「それはみんなそうだろ」

「私たちは？　わかってるのに繰り返すみんなと同じ？」

「僕はそこまで、自分をアホだとは思ってないよ」

それなりに覚悟がある。結女だってそのはずだ。

二度と同じことは繰り返さない——僕たちが元鞘に収まったのは、その覚悟の表れでもある。

くすくす、と結女は密やかに笑う。

「もちろん私も、あなたが学校で一番頭いいと思ってるからね」

「それこそ嘘臭いな……」

「瞬間的にの話だから。学校で一番可愛いらしいときもあるし？」

「……珍しいな。下ネタか？」

「ご自覚がおありのようで」

「それはお互い様だろ」

「一番カッコいいときでもあるから安心して？」

柔らかな表情のまま、結女は僕にしなだれかかって、悪戯な上目遣いを向けてくる。

僕がその細い腰を軽く支えると、結女はまた小さく笑った。

「本当、あなたがあんなにエッチだなんて、彼女にならないとわからないわよね」

「それこそ君のほうも、彼氏にならないとわからないけどな」

「誰かさんがエッチにしたんでしょ？」

「元からあんなもんだっただろ、実は」

「私は全然清楚なほう！　ひどいんだから、女子しかいないときの下ネタ」

それは主に東頭いさなの話じゃないかと思ったが、まあ他の女の名前を出すタイミングじゃないか。

「清楚ね……。そんなイメージ、よりを戻す前からなかったけどな」

「私だってあなたがクールだったイメージなんてないし、お互い様でしょ？」

「クールを自称した覚えはないけどな……」

「それがクールぶってるって言うの！　あなたなんて、ちょっとキスしたらすぐに盛りがつく犬でしかないのにね？」

その言葉にちょっとムッとすると、結女は煽るようにニヤニヤと笑った。

「文句があるなら証明したら？　私が間違ってるって」

……そういうことか。やっぱり清楚じゃないじゃないか。

「望むところだ」

僕はそう言って、結女に顔を近づけた。

結女は受け入れるように瞼を閉じる。

そして唇を重ねると、慣れ親しんだ結女の感触がした。

数秒間のキスの後、結女がそっと瞼を開けて言う。

「……どう？」

「…………………」

僕はしばらく沈黙すると、今度は結女を黙らせるように、再び唇を塞いだ。

さっきより深い口づけを終えると、結女は色気が香るような笑みを浮かべて囁く。

「家に帰るまでは、待って、ね？」

——その瞬間、近くからガサッという音がした。

伊理戸結女◆人影

「「!?」」

私と水斗は、ビクッと肩を跳ねさせて振り返る。

音が聞こえた方向——ホテルの壁がそびえているほうには、球形に剪定した植え込みがあった。その陰から、まさに今——一人分の人影が、素早くプールの入り口に逃げていくところだった！

「だ、誰っ⁉」

驚いて叫んでいる間に、人影はプールを出て、ホテルの中に入っていく。

み、見られた……？

というか覗かれてた⁉

今の、水斗との一幕を⁉

私が呆然としている間に、水斗が素早く動いた。人影を追ってプールの入り口に走っていく。一瞬遅れて私もそれを追いかけた。

建物内に入るけど、人影の背中はすでにない。先に伸びる廊下の奥は、男子更衣室と女子更衣室に道が分かれている。

水斗は一回振り返って私に肯きかけると、男子更衣室へと入っていった。その意図を察して、私も女子更衣室に入る。

女子更衣室にあったのは、立ち並ぶ縦長のロッカーと、空間の隅で黙って鎮座している水着の乾燥機だけだった。

誰もいない……。

そのまま更衣室を抜けて、ホテルの廊下に出る。

静かな照明に照らされた廊下を、右に左に視界を振って確認したけれど、人影はおろか、逃げていく足音すらしなかった。ホテルの廊下は硬い材質で、足音がしないはずないんだけど――もう逃げられたってこと？

それから少ししてから、水斗が男子更衣室のほうから出てくる。

水斗は私と同じように左右を見回して、

「もう逃げたのか？」

「うん……。そうみたい」

「……厄介なことになったな」

少し眉間にしわを寄せて、水斗は言う。

「わざわざ黙って覗いてたってことは、他の宿泊客じゃなく、生徒の誰かだろう。僕たちの会話が聞こえてたかどうかはわからないが、聞こえてなくても今のシーンは充分に……」

「ど、ど、どうしよう⁉　私たちの関係が……！」

絶対広まる。噂が立つ。そうしたらもしかすると、お母さんたちの耳にも……！

「落ち着け。この階にも人はいる」

私はハッと口をつぐんだ。かすかだけど、高校生のものらしき話し声が聞こえる……。

生徒の誰かがこの階にもいるんだ。

「いったんプールに戻ろう。ちゃんと状況を確認する」

冷静な水斗の言葉に肯いて、私は再び女子更衣室を通ってプールに戻る。

水斗は板張りのデッキに出ると、さっきの人影が隠れていた植え込みのほうに向かった。

ホテルの壁に沿う形で、丸く剪定された植木が並んでいる……。それとホテルの壁との間に少しだけ隙間があり、人影はそこに隠れていたのだ。

「ずっと見られてたの……？」

「ずっとかどうかはわからないな。僕は君がプールに出てきたのに気付かなかったし、同じように、あの覗き魔もこっそり入ってきて隠れたのかもしれない」

そう言いながら、水斗は人影が隠れていた位置に跪く。

水斗は地面をざっと見回した後、丸い植木のほうに目を向けた。

本当に冷静だ……。怖くないの？　秘密がバレるかもしれないのに……。

「……これは……」

すると植木に顔を近づけて、首の後ろを揉むようにする。

それは水斗が考え事をするときの癖だった。

「ちょっとここを見てみろ」

水斗がちょっと奥に身体をずらして、植木のある一点に指をさす。

私も中腰になって指差されている場所を覗き込むと、植木の細い枝――その一本の先端が、赤くなっているように見えた。

「これって……もしかして、血？」

「ああ。しかもまだ乾いてない」

水斗が枝の先端につまむようにして触れると、その指の腹が赤い色で汚れた。

「たぶんさっきの覗き魔が、逃げるときにどこかを切ったんだ……」

そういえば、ガサッという音がした……。あのときに？

「今はみんなスマートフォンを持ってない」

唐突に水斗が言った。

「つまりＳＮＳだの何だので情報を拡散できないってことだ……。それに写真や動画も撮れなかったはず。決定的な証拠をもって触れ回ることもできない」

「つ、つまり……？」

「犯人を見つけるなら、修学旅行が終わるまでが期限だってことだ」

人影――犯人が残した痕跡である血に濡れた枝を指差しながら、水斗は言う。

「その頃にはこの傷も治ってる。どうする？」

それから私は、エレベーターで水斗と別れて、まっすぐに自分の部屋へと帰ってきた。

水斗と一緒にいるところを、見られた——

誰に？　何のために？

どうするかと聞かれて、私はすぐには答えられなかった。そりゃあ犯人を見つけ出して黙っててもらうようお願いするのがベストだろうけど、それも成功するかわからないし……。いよいよとなったら、開き直ってカミングアウトする覚悟を決めなければならない。

まさか修学旅行の一日目から、こんな抜き差しならない状況になるなんて……。

不安がる私に、水斗は言ってくれた。

——悪いようにはならないさ。僕たちは何も悪いことはしていない。だろう？

そう……その通りだ。何も悪いことはしていない。

それでも不安を拭えない私を、水斗はしばらくの間、肩を抱いてなだめてくれた……。

溜め息をついて部屋のドアを開く。廊下からベッドルームを覗き込むと、そこにいたのは明日葉院さんだけだった。机に向かって参考書を開いている。

「……ただいま」

と言うと、明日葉院さんは顔を上げて、「おかえりなさい」と答えた。

私はくたくたになったような気がして、自分のベッドに倒れ込む。

なんとなく気まずくなってしまっている明日葉院さんといえども、部屋に誰かがいてくれて嬉しかった。一人きりだったら不安が膨らんでしまっていたかもしれない。

「ずっと勉強してたの？」

不安を誤魔化すように明日葉院さんに話しかける。

「そうですね」

明日葉院さんは短く答える。

「お風呂もまだ？　そろそろ入らないと間に合わないけど……」

部屋の時計を見ると、21時半を回ろうとしている。消灯時間まであと三〇分だ。

明日葉院さんは時計を見て、

「そう……ですね。では入ってきます」

参考書をパタンと閉じた。

うーん……なんとも業務的な会話。

明日葉院さんは参考書を自分の鞄の中に戻すと、入れ替わりに着替えを取り出して、お風呂場の中へと消えた。

そのとき、明日葉院さんの鞄の中に、蓋の空いた絆創膏が見えた気がした。

わたしは洗面台に持ってきた着替えを置いて、着ている服に手をかけた。

シャツのボタンを外し、袖から腕を抜き、ベルトを緩めてデニムのパンツを足元に落とすと、洗面台の鏡には下着姿のわたしが映った。

いつもだったら、無駄に大きく膨らんだ胸を見て憂鬱な気分になる時間。でも今はそれよりも、わたしを憂鬱にさせるものがあった。

「…………」

わたしは無言で、右の太ももの外側を指でさする。

そこには、さっき貼ったばかりの絆創膏があった。

第二章　混迷する二日目

伊理戸結女(いりどゆめ)◆朝は理性が緩くなる

朝の日差しに瞼(まぶた)を刺され、ぼんやりと意識を覚醒すると、なんだか柔らかいものに全身を包まれていた。

いい匂いがする……。それに可愛(かわい)い寝息が耳元に……。

ゆっくりと瞼を開ける。

目の前に、東頭(ひがしら)さんの寝顔があった。

「…………………」

「……すや〜…………」

なんか……抱きしめられてる。抱き枕みたいに。

もちろん東頭さんと同衾(どうきん)した覚えがないので、寝てる間にこっちに転がってきてそのまま手近にあった私を抱きしめたといったところだろう。隣のベッドとは地続きになっているから。

「東頭さん、東頭さん……」

「すやすや……」

ダメだ、起きない。

こうなったら……。

私は自分と東頭さんの身体の間に手を差し込むと、私に押し付けられているたわわな脂肪を鷲掴みにした。

「うにゃ……にゃ？」

うわー……ノーブラだ。指が沈む……。

「んんー……ん、ふっ……あっ♥」

色っぽい声が漏れた途端、東頭さんの目がパチリと開いた。

私とばっちり目が合う。

「おはよう」

「……ふぇ？」

パチパチと何度か瞬きをして、東頭さんは徐々に、寝起きの顔を赤くしていく。

「もっ、ももしかして……わたしたちっ……ついに……！」

「違う違う。東頭さんが寝てる間にこっちのベッドに来てただけ。ついにって何？」

「あ……そうですか。それはすみませんでした……。でも、だったらなんでおっぱいを……？」

「こうしたら起きるかなって」

「あー、なるほど……」

本当はあまりにもでかくて柔らかいから触りたくなっただけだけど、寝起きなので誤魔化せた。

「す、すみません。すぐに離れます……」

「別に怒ってないから大丈夫。むしろ東頭さんの身体ってあったかくて柔らかいから、朝に欲しくなる……」

私もまだちょっと寝ぼけてるのかな。欲望のままに東頭さんの身体をぎゅっと抱きしめる。すると東頭さんはますます顔を赤くして、あたふたと目を白黒させた。

「ちょ、ちょっと結女さん……！」

「ごめんね。嫌？」

「そんなことないですけどぉ……朝からちょっと刺激がぁ……！」

「ふふ。慌てちゃって……可愛い♥」

おでこをくっつけて言うと、東頭さんはいよいよ茹でダコのようになり、くたっと身体から力を抜いた。

「結女さんなら……いいです……。優しくしてください……」

「ふーん？　じゃあお言葉に甘えて――」

「やんっ♥　いきなりそんなとこぉ……♥」

「朝から何やっとんじゃあーっ!!」

私たちを包んでいた上掛けがガバッと取り払われた。

ベッドの上で絡み合っている私と東頭さんを、シーツを握っている暁月さんが怒りの眼で見下ろしている。

私は言い訳を試みた。

「こ、これは、ちょっとふざけてただけで……」

「あたしも交ぜろーっ！」

私たちの間に挟まろうとするように、暁月さんは小柄な身体をダイブさせてくる。

朝からわーきゃー騒ぐ私たちを、明日葉院さんが呆れた顔で眺めていた。

伊理戸水斗◆意味のない事件

「君が篭絡されそうになってどうするんだよ」

朝食のビュッフェを取って回りながら、僕は隣の結女にそう言った。

結女はパスタを自分の皿に乗せながら、気まずそうな顔で目をそらす。

「だって……東頭さんが可愛い反応するもんだから、つい……」

「僕が浮気するんじゃないかって気を揉んでいたやつとは思えない行動だな」

「で、でもあれは、女子同士のスキンシップみたいなものだから！　ただのおふざけだから！」

焦って強硬に否定する結女は、今日はシャツの上にキャミソールを重ねたトップスにぴっちりとしたジーンズを合わせたパンツルックだった。歩き回る予定が多いから動きやすい服にしたんだろう。

僕は呆れの溜め息を漏らしつつ言う。

「君がそのつもりでも、向こうが本気だったら意味ないだろ」

「え？」

「女でもいけるタイプだろ、いさなは」

「そ……そうなの⁉」

「女体に並々ならぬ興味を抱いているのは知ってるだろ。コンテンツとしての消費に過ぎないのか、それともリアルな性愛を抱いているのか、それは本人しか――あるいは本人にもわかってないかもだけどな」

僕に告白するまで、初恋も済ませていなかったような奴だ。今やリアルの恋愛に興味があるのかどうかもわからない。性欲は人並み以上に溢れている気がするが。

結女はほのかに顔を赤らめながら、俯いてボソボソと呟く。

「そ、そっか……。それは気をつけないと……」

「……君はどうなんだ？　女子相手」

「な、ないないない！　私はないから！」

結女はパタパタと手を振って否定する。別にどっちだっていいが、ことによっては警戒する範囲を広げなければならないようだ。

それから結女は首を傾げて、怪訝そうに呟く。

「それにしても、なんで今日に限ってあんな反応……昨日まで普通だったのに……」

……溜まってるんじゃないだろうな、あいつ。

イラストを描く間もない禁欲生活で、ストレスでも。

なんにしても、いさなとの一悶着のおかげで、昨夜のことはあまり気にしていないようだ。もっと不安がっているんじゃないかと思ったが、怪我の功名だな。

あんまり二人で話していると周囲に怪しまれる。トレイに充分な食べ物を盛った僕たちは、あらかじめ取っておいた席に戻った。

そこには班の六人が揃っている。それぞれ沖縄に合わせた装いで、川波は清潔感のあるTシャツにハーフパンツ、南さんは謎の英単語が書かれたオーバーサイズTシャツ、明日葉院はふわりとしたシャツをキュロットパンツにインした格好、そしていさなは避暑地のお嬢様みたいなロングスカート姿だった。

いさなは結女たちに修学旅行中の服を見繕ってもらったらしい。イラストでいろんなファッションを描くようになっても、結局自分に関しては無頓着なままだ（というか、イラストでも隙あらば制服を描こうとするのだが）。

このメンバーで朝食がてら、今日の予定について話し合う――はずだったが。

川波と南さんが、なぜか難しい顔をして首を傾げていた。

「どうしたの、暁月さん？　眉間にしわが寄ってるけど」

トレイをテーブルに置きながら結女が言うと、南さんがフォークを刺したウインナーを嚙みちぎりながら、

「ううん……それがさあ、なんか変なことが起こってるらしいんだよね」

「変なこと？」

「さっき吉野たちが来てよ」

川波がテーブルに肘をつきながら言う。

「妙なことを聞いてきたんだよ。何だと思う？」

「もったいぶるな。さっさと言え」

「『私たちのしおり知らない？』——だってよ」

しおり？

「しおりって修学旅行のしおりのこと？　なくしちゃったの？」

「いや、それがさあ——盗まれたって言うんだよね」

「『盗まれた？』」

僕と結女の声が重なった。

「変な話ですよねえ」

スクランブルエッグをモグモグしながら、いさなが言う。

「しおりなんか盗んだって何の意味もなくないですか？」

「それはだって……みんな同じの持ってるはずだし。何組のかは印字されてるから、そこだけは違うけど……」

今回僕たちに配布されている修学旅行のしおりは、日誌を書き込むスペースもない、本当に注意事項やスケジュールが書いてあるだけのものだ。結女の言う通り、表紙に所属クラスが印字されているが、逆に言えばそこしか違いはない。盗んでまで手に入れるような価値なんてどこにもないはずだ。

「いや、そもそも――」

そこまで言って、僕は口をつぐんだ。

結女が不思議そうな顔をして僕を見る。

「そもそも……何？」

「……いや、ちょっとした思い違いだ」

なんとなくややこしくなりそうな予感がして、僕は心に浮かんだ疑問を飲み込んだ。

なんで盗まれたって、わかった？

伊理戸結女◆特に何事もないようにしか見えない調査

修学旅行のしおりが盗まれた――

幸い、昨日の密会のことは広まっていないみたいだし、あのとき逃げた人影のことはいったん棚上げして、私は先にその奇妙な事件について当事者に話を聞いてみることにした。生徒会役員としてのちょっとした責任感からだ――先生からも修学旅行中に何かあったらよろしく頼むと言われている。同じ生徒会役員の明日葉院さんはまだクラスメイトに気軽に話しかけられるほど馴染めてないし、ここは私がやる気を出すべき場面だろう。

なんだけど――

「……なんであなたまでついてくるの？」

女子の部屋がある七階までエレベーターで上がってきた私の後ろには、水斗の姿があった。

「付き添いだ。探偵適性なさそうだからな、君は」

水斗は何を考えているかいまいちわからない無表情でしれっと言う。

私は唇を尖らせて、

「推理小説を読んだ量なら私のほうが多いんだけど？」

「推理小説では、ミステリオタクは大体ワトソン役だ」

「ぐぐ……」

反論できない。

私と水斗のどちらがホームズ役かといえば、それは間違いなく水斗だろうと思う――彼氏はこの学校で一番頭がいい人。あの発言は、決して冗談のつもりじゃない。

だけど、私にだって生徒会役員として生徒の悩みを解決する義務がある。

「黙って後ろに控えててよね。いきなり男子が部屋に来たら怯えさせちゃうかもしれないし」

「そういうタイプか？　あの三人が」

「……心配だったらそう言えばいいのに」

確かに吉野さんたちは私たちのクラスでは――というか洛楼高校ではかなり派手な部類だ。私とは明らかに相性が悪そうで、何も知らなければ一人で彼女たちに会いに行くのは心配に思えるかもしれない。水斗はきっと、私を慮ってついてきてくれたのだろう――そのほうが嬉しいので、そう思うことにしておく。

先に班長の携帯電話で吉野さんに用件を伝えておこうと思ったんだけど、電源を切っているのか繋がらなかった。

なので仕方なく、アポなしで彼女たちの部屋をノックする。

「はい？　だれー？　……んん？　結女ちゃんじゃ～ん！　どしたん？」

内側から扉を開けた吉野さんは、幸い、しっかりと私服に着替えた後だった。

とはいえ、布面積が小さいオフショルダーにデニムのホットパンツで、肩も太ももも見せ放題の風紀的には怪しい姿ではあった。慌てて後ろの水斗に振り返ったけど、気にしている様子はない。

「実は――」

私が用件を説明すると、吉野さんは「あー」と納得の声を漏らし、後ろの水斗を覗き込む。

「それはわかったけど、水斗クンは何なん？」

私が説明する前に、水斗自身がこともなげに言った。

「気にしないでくれ。不肖の妹が粗相をしないか見張りにきただけだ」

「妹？　お姉ちゃんじゃなかったっけ？」

「姉で合ってるわ」

「妹で合ってる」

私と水斗は互いに睨み合った。恋人になってもここについては折り合いが付かなかったのだった。

吉野さんは「あはは！」と明るく笑って、

「大変なんだねえ、義理のきょうだいって！　とりあえず入りなよ、そろそろドア開けてるの疲れてきた」

吉野さんに迎え入れられ、私たちは部屋の中に入る。

四台のベッドが置かれたベッドルームには、他に3人の女子がいた。そのうち二人は吉野さんとよく一緒にいる派手系の女の子で、もう一人は人数の関係で吉野さんの班に交ざる形になってしまった、メガネをかけた大人しめの女の子だった。中学時代の私と境遇が近くて胸が痛んでしまう。

「盗まれたって話だけど……それって部屋から？」

早速私が質問すると、吉野さんは「そうそう！」と言う。

「しおりはずっと部屋の鞄(かばん)の中に入ってたはずなんだけどさ、今朝になって探したらどこにもなくて！　そうだよねー？」

吉野さんの友達二人が「そうだよー！」「マジでうざい！」と唱和する。それから少し遅れて、残りの一人が無言でこくりと肯(うなず)いた。

「疑うようで悪いけど、部屋の中はちゃんと探した？　ベッドの下とか」

客室の中は、よくも一晩でこんなに生活感が出るものだと感心してしまう状態だった。ベッドや椅子には脱いだままの服が散らかっているし、テーブルの上は化粧品類で溢れ出しそうだ。

窓の前にはどういうわけか、水着みたいな大きさのキャミソールと下着みたいな大きさのホットパンツが干してあって、まるで一ヶ月くらいこの部屋で暮らしていたかのようだった。こんな部屋じゃ失くしても仕方ない。

水斗も呆れているのか、首の後ろを揉みながら窓に干してある服を眺めている。

「だからぁー、失くしたんじゃなくて盗まれたんだって！」

苛立たしそうな声でそう叫んだのは、吉野さんの友達の、髪をツインテールにしているほうだった。名前は今雪さん。

「朝起きて鞄の中を探してさ、『うわ盗まれてる！』って思ってさ！　他のみんなの鞄も調べてみたら、みんな盗まれてんの！　この部屋の四人、みんな一斉に失くすってある⁉」

四人一斉に……確かにそれなら、盗まれたって考えるほうが自然か。

「それでも一応、私も一緒に探してみようか？　もしかしたら何か見落としがあるのかもしれないし」

「え？　あー、それは……」

「せっかくだけど、それは遠慮しとくよ結女ちゃん」

ツインテールの今雪さんが渋った様子を見せた直後、吉野さんがフォローするように言った。

っしょ？」

「ウチらも散々探した後だしさ？　ほら、荷物の中漁られるのってあんまり気分良くない

「あ、うん。それなら大丈夫。気が利かなくてごめんなさい」

「いいよいいよ。それよりもさ、結女ちゃん、しおりの予備ってないの？」

「予備はないのよね……。必要な分しか刷ってなくて。もしよかったら私のを貸すけど

……ちょっと書き込みがあるけどそれでもいい？」

「あ、大丈夫大丈夫！　必要になったら男子どもから借りるしさ！　その代わり、何か困ったら頼ってもい？　ウチらの班、今日はほぼ一緒のとこだしさ！」

そういえば吉野さんたちの班も、今日の午後はマリン体験コースだ。私たちの班とは一日中同じところを回ることになる。

「うん、もちろん。何かあったら遠慮なく言ってね」

「ありがと〜！　マジ女神〜！」

そうして、私たちは吉野さんの部屋を出た。

エレベーターホールに向かいながら、私は隣を歩く水斗を見る。

「どうだった？　結局何にも喋らなかったけど」

「向こうが勝手に喋ってくれたんだ。僕が何か言う必要はないだろ」

「勝手に喋ってくれた……？　何を？」

水斗は何かを検討するように何秒間か天井を見上げると、意地悪な笑みを浮かべて私の顔を見つめた。

「言ってもいいのか？　ワトソン」

……本当に何か気付いたってこと？

だけど私が推理小説好きだから、自分で考えたいんじゃないかって——

「……意地悪！」

「気が利くと言ってほしいな」

答えをもったいぶる探偵役お馴染みのムーブだけど、実際にやられるとこんなに腹が立つなんて！　こうなったら絶対聞いてなんかやらない！

ミステリマニアとしての矜持をかけて、私は何も聞かないことにしたのだった。

伊理戸水斗◆第四の問題

修学旅行二日目午前の行き先はアメリカンビレッジ。アメリカの雰囲気を色濃く反映させたタウンリゾートだ。基本的にはショッピングエリアだが、実際に目の当たりにした感想はと言うと、アメリカを再現したというよりアメリカをモチーフにしたテーマパークみたいだなと思った。

街全体が外国のお菓子の袋みたいな原色で彩られていて、マクドナルドの看板すら茶色になっている街で生まれ育った身からすると、どこもかしこもギラギラして見えた。

基本的には班別行動だが、男子と女子では興味の方向性も違うもので、結女たちが珍しい古着や小物に目移りする一方、僕は川波と二人で食べ物屋を中心に巡っていた。

別にどっちも興味はないから、せめて少しでも楽しめるほうを選んだだけだ——昼食も兼ねているしな。

「おっ、いけるぜこれ！」

豚肉と卵焼きをご飯と海苔（のり）で挟んだ、おにぎりとサンドイッチの融合体みたいなやつにかじりつきながら、川波が言う。

僕は異世界ものに出てくる酒場みたいな木のテーブルに頬杖（ほおづえ）をつきながら、

「楽しそうだな、君は」

「沖縄（おきなわ）に来て楽しむなってほうが無理だろ！　そういうあんたはずっと難しい顔してんな？」

「ちょっと気にかかることがあってさ……」

「もしかして吉野たちが騒いでた件か？」

「それも含めて……」

今、僕が直面している問題は三つある。

一つ目は、唐突に告白してきた明日葉院蘭。

二つ目は、僕と結女の密会を見ていた覗き魔。

三つ目は、修学旅行のしおりの盗難事件。

別に全部無視したっていいのだが、結女が気にしている以上、僕も放置するわけにはいかない。

「結女の奴が、どうでもいいことを放置できる性格だったら楽だったんだけどな……」

「そうじゃない性格だったから好きなんだろ～？」

ニヤニヤしながら言ってくる川波。結女には愛情を素直に伝えることにした僕だが、こいつを楽しませてやる義理はない。

「川波、君は何か知らないのか？　顔が広いんだろう？」

「しおりの件についてか？」

「そうだ」

「とりあえず、その件に男子は関わってないと思うぜ」

「確かか？」

「確かだと思ってもらっていい。スマホは持ってこれないから普段よりも情報の精度は落ちてるが、それでもちょくちょく他の班に顔を出して状況を把握してるからな。もし吉野たちが本当にしおりを盗まれたんだとしたら、それは女子の仕業だろうな」

「だろうな……」

「だろうなって、元からわかってたような口ぶりじゃねえか」

「予測は立つさ。吉野たちの話じゃ、部屋の中に置いてあった荷物から盗まれたって話だったし」

「あー……」

川波は納得の声を上げる。この男は成績は微妙だが、頭の回転は遅くない。

「それで？　犯人の目星は付いてんのかよ？」

「まだなんとも言えないな。冤罪(えんざい)を生み出してせっかくの修学旅行の空気を壊したくもないし、慎重に動きたいところだ」

「空気が読めるようになっちまって……恋は人を変えちまうんだなぁ」

「空気くらい読めたよ、最初から」

青空の下に広がるエメラルドグリーンの海を眺めながら、ポークたまごおにぎりをパクついていると、不意に川波が言った。

「あれ？　あれって明日葉院さんじゃね？」

川波が見ているほうを見ると、日本人と欧米人が入り交じる人の波に、見覚えのある小柄な姿が埋もれるようにして、一人で歩いていた。

「何してんだ？　一人で。南たちと一緒にいたはずだよな」

ここからでは表情が窺えないが、どこか彷徨うような足取りだった。

僕の脳裏に、昨日のバスでの一幕がよみがえる。

まるで迷子のように僕の肩に頭を預けた彼女が、今もまさに迷子のように、異国情緒の街並みを彷徨っているのだ。

僕は食べかけのポーたまを包みの中に入れると、それを木のテーブルに置いた。

「これ、ちょっと預ける」

「あっ、おい！」

僕は立ち上がり、小走りで人混みの間を通り抜けた。

そして明日葉院のそばまでたどり着くと、その小さな肩を軽く叩きながら声をかける。

「明日葉院」

「……っ」

明日葉院は僕の顔を見た瞬間、ビクッと小さく肩を震わせた。

びっくりさせてしまったか？　僕は適切な距離を測りながら、

「一人でどうした？　他の奴らは？」

「…………………………」

明日葉院はしばらく無言で視線を地面に落とすと、

「……どうもしません。ちょっと一人で回ってみたかっただけです」

「スマホもないんだ。あんまり単独行動は――」

「やめてください」

硬い声で言って、明日葉院は背を向けた。

「あなたとは……話したくありません」

足早に、明日葉院は人混みの中に消えていく。

……昨日の明日葉院からは、心を開いたとは言わないまでも、僕にほのかな共感を求めるような、そんな期待のようなものが垣間見えていた。

だが、今、僕から離れていくその背中からは、……徹底的な、拒絶しか感じられなかった。

どうやら問題が増えたらしい。

四つ目——どうして明日葉院の態度が、二日目になって急に変わったのか？

伊理戸結女◆最初の一歩

クリスマスグッズばかり売っているお店をみんなと見て回っていると、吉野さんたちがやってきた。

「よっす～！　なんか可愛いのあった～？」

朝に話していた通り、吉野さんたちの班は私たちとほとんど同じ場所を散策していた。常に一緒というわけではないけど、付かず離れず視界に入るくらいの場所にいて、たまにこうして向こうから話しかけてくる。

「…………………」

するといつも、東頭さんが私の後ろに隠れてしまうのだった。

吉野さんは一年のとき東頭さんと同じクラスで、今のクラスでは比較的慣れている相手だと思ったけど……やっぱりこういうギャルっぽい子は苦手なのかな。

吉野さんは同じ班の三人の女子を引き連れて私たちのそばまでやってくると、「あれ？」と、何かを探すように私たちの後ろを覗き込んだ。

「蘭ちゃんは？　さっきは一緒にいなかった？」

「え？」

言われて、私は背後を振り返る。

明日葉院さんはずっと、控えめな距離感で私たちの後ろについてきていたはず……。避けられている手前、あまり積極的には話しかけられなかったけれど、暁月さんを通じてできる限り交流を試みていた。

その彼女が、今、どこにもいない。

どこかではぐれちゃった……？　人が多いから無理もないけど、全然喋らないから気付かなかった……。

「――お！　いたいた！」

そのとき、お店の入り口のほうから水斗と川波くんがやってきた。

たまたま見つけたという風じゃない。前を歩く川波くんの様子は、明らかに私たちを探していたものだった。

「どしたん？　男同士だけじゃ寂しくて欲しくなっちゃったかな？　華が！」

「そんなんじゃねーって」

暁月さんの絡みを軽くいなしつつ、川波くんは言った。

「さっき明日葉院さんが一人でいるのを見かけてよ、お前らはちゃんとわかってんのかなって確認に来たんだよ」

「え！　ちょうどその話してたんだよ！　あたしたちもいないのに今気付いてさー。見かけたんなら連れてきてくれればよかったのに！」

「伊理戸が話しかけたんだが、なんか逃げられちまったらしいんだよ」

「逃げられた？」

「というかなんつーか……」

言葉に迷って首をひねった川波くんの代わりに、水斗が言う。

「一人で回りたいからって言われたんだ。……その様子だと、君たちに許可は取ってないみたいだな」

一人で……。

明日葉院さんの性格からして、考えられないことじゃない。でも去年生徒会で一緒にやっていた限りでは、こんな風に何も言わずに一人でいなくなってしまうことなんてなかったはずだ。そういうところではちゃんと筋を通そうとする真面目な性格だから……。

明日葉院さんは何を思って、私たちから離れたんだろう。

なんとなく、無視してはいけないような気がした。ここで気にせずにみんなと一緒に、明日葉院さんだけを放って遊び始めたら、距離がどんどん遠くなってしまうような気がした。

少なくとも、私だったら悲しくなる。

やっぱり私はいらないんだ……って、そんな気分になって。

「……私、ちょっと探しに行く」

「だったらあたしも！」

私がそう言うと、すかさず暁月さんが、

「ううん。私だけで大丈夫。すぐに戻るから——ええっと、デポセントラルってとこで集合にしようか」

私が明日葉院さんだったら、大勢に自分を探してもらうなんて申し訳なくなる。ここは私だけで行くのがいい——いや、私がそうしたいのかもしれない。

「僕が見かけたのは海沿いの樽っぽい椅子が並んでる辺りだ」

水斗が無駄なく言う。

「建物を通り抜けて一番西だ。まだいるかもしれない」

「わかった。ありがとう！」

水斗の肩を軽く叩きながら、私は小走りにクリスマスショップを出た。

水斗に言われた通り、町の西にある海沿いのエリアを訪れた。

樽っぽいデザインの椅子が並んだ屋外席が整然と横に並び、そのそばを走る広い遊歩道を相変わらずたくさんの観光客が行き交っている。それをかき分けるようにして横切ると白い欄干があり、視界いっぱいにエメラルドグリーンの海が広がった。

明日葉院さん……どこに行ったんだろう……。

顔を左右に振って小柄な同級生の姿を探す。

観光客はたくさんいるけど、その何割かは外国人で、もう何割かが家族連れだ。修学旅行生は——それも明日葉院さんみたいに小柄な女の子はそういない。だからきっとちゃんと探せば——

「——いた！」

何十メートルか先に、白い欄干に手をかけて一人で海を眺めている女の子の姿が。

服装に見覚えがある。ゆったりとしたシャツにガーリーなキュロットパンツ——お洒落(しゃれ)に興味がなさそうな割にセンスいいなあって前々から思っていた。

私は欄干に沿うようにして歩いていくと、その女の子に声をかけた。

「明日葉院さん」

明日葉院さんは、無言でちらりとこちらを見た。

だけどすぐに、瞳を海の彼方に向けてしまう。

私は少しだけ、なんと言うべきか迷った。

探したよ、と言うのもなんだか押し付けがましい。

こんなところで何やってるの？　と言うのもなんだか白々しい。

だから結局、目の前にあるものをあるがままに口にすることしかできなかった。

「海……綺麗だね」

「……そうですね」

沈黙が漂う。

気まずい。まるで初対面みたい。半年も一緒に生徒会役員としてやってきたのに、その関係値が全部、リセットされてしまったようだった。

私たちはこのまま、なんとなく気まずいまま、ずっと過ごしていくのだろうか。

なんとなく話さなくなって、生徒会の任期が終わって、会うこともなくなって……。

ああ――私はこんなことを、何度繰り返してきたのか。

目の前のことを全部やり過ごして生きてきた。手に入るかもしれないものに手を伸ばさずに生きてきた。

高校に入ったときだってそう。首席入学という武器に頼って、友達になれるかもしれない人が話しかけてくれるのを待っていただけ。生徒会だって、紅(くれない)会長に誘われなければ入ろうとさえ思わなかった。

ただ……私は経験したはずだ。

手に入れたいものに、手放したくないものに、無様にむやみにがむしゃらに脇目も振らず、手を伸ばす経験を。

——ああ、めんどくさいや。

「明日葉院さん、アイス食べたくない？」

「……はい？」

明日葉院さんが怪訝(けげん)そうに私を見る。空気が読めないのかと瞳で語る。

そんなの今は見ないふり。

ごちゃごちゃ考えていたら、きっと逃してしまうと知っているから。

「暑いでしょ？　私食べたくなってきた。付き合って！」

「ちょっ、ちょっと……！」

明日葉院さんの手を強引に握って、私は引っ張っていく。

こういう強引なやり方は、やられる側としてよく知っていた。ありがとう暁月さん。

水斗たちと別れた方面のビルまで戻って、しばらくの間、アイスショップの列に並ぶと、明日葉院さんは波のように青いソーダアイスが入ったフレーバーを、私は見慣れないちんすこうのフレーバーを選んだ。

店内やビルの中は人も多くて窮屈だったので、そのアイスを持って外に出る。街路樹のそばにちょうど空いているベンチがあったので、そこに二人で腰を落ち着けた。日が当たってるけど、まあ真夏の京都に比べれば涼しい部類だ。

私はカップに入った白いラクトアイスを、スプーンで掬(すく)って口に含む。甘やかな味が口の中に広がって、暑さが少しだけ遠のいた。

「ちんすこう味って言うからどんな感じなのかと思ったけど……そもそも私、普通のちんすこう食べたことなかった」

バニラ&クッキーの亜種って感じで、字面から想像するほど突飛な味ではなかった。普通に美味(おい)しい。

明日葉院さんも隣で、カップから青い波模様のアイスをスプーンで掬う。パクッと一口、スプーンを咥えた彼女に、私は訊いた。

「そっちはどう？」

「……美味しいです」

「一口ずつ交換しない？　そっちのも気になる」

「はあ――」

「はい、あーん」

「えっ？　……あむ」

明日葉院さんが戸惑って口を開けた隙に、私は乳白色のアイスを乗せたスプーンをそこに突っ込んだ。

驚いて目を瞬く明日葉院さんを見て、私は微笑みながら言う。

「どう？　どっちのほうが好き？」

「……どちらかといえば……こちらのほうが」

「そうなんだ？　じゃあそっちのもちょっと食べさせて。ほら、あーん」

私が口を開けると、明日葉院さんはたどたどしい手つきでスプーンを私の口に入れた。

清涼感のあるフレーバーが舌を包む。なるほど夏らしく爽やかだ。

「私、こっちのほうが好きかも。交換しよっか？」

「はあ……構いませんが……」

お互いのカップを交換する。

アイスを食べている間、私はほとんど一方的に、とりとめのない話を続けた。生徒会のみんなは今頃どうしてるかなとか、最近の授業の話とか、まともな返事がなくても途切れることなく、まるでドアをノックし続けるように。

両方のカップの中が空になった頃、明日葉院さんは初めて自分から、口を開けた。

「伊理戸さんは……どうしてわたしに構うんですか？」

ポツリと、空になったアイスのカップに視線を落としながら。

「わたしは……こんなにつまらないのに。あなたはもっと……控えめな人だと思ってました」

ぐるぐると回る頭の中を、ひとつひとつ切り抜いたような言葉。

明日葉院さんが欲しい答えは何だろう。私は少し考えたけれど、そんなのわかりっこなかった。

「……正直ね、今、結構無理してる」

だから私も、心の中を切り抜いて伝えるしかない。

「でも、無理をしないと、終わっちゃうんじゃないかって思った……。なんとなく気まずくなったまま、解決するわけでも絶交するわけでもなく、なんとなく自然消滅する……。そんな未来が見えたの。それは嫌だなって……そう思った」

「あなたとわたしは、ただの生徒会の、同僚じゃないですか……。生徒会の任期を終えたら話さなくなる。それが当たり前でしょう……？」

「そうかな。……そうかもね」

否定する言葉は見つからなかった。ただの生徒会の同僚――そうじゃない気がする。だったら友達？　そう胸を張って言えるほど、私は明日葉院さんのことを知らない気がする。

「でも、……寂しいじゃない」

だとしても、気持ちが変わるわけじゃない。

「初めて会ったときのことも、一緒に神戸旅行に行ったことも、卒業式の準備を一緒に頑張ったことも……全部頭の中に残ってる。だったら、あなたが近くからいなくなっちゃうのは、寂しいよ……」

明日葉院さんは黙って私の言葉を聞いていた。

記憶がある。思い出がある。だったらそれをこれからも続けていきたいと思うのは、きっと間違いじゃない。

「私が避けられてるのはなんとなくわかってる。たぶん、何かしちゃったんだろうね……。

それが何なのか、私はまだわかってないし、話したくないなら聞きもしない。それでも……私は明日葉院さんと疎遠になるのは嫌だって思ってる。それだけは……伝えたかったの」

伝えることが重要なのだと、私は水斗との関係を通じて学んだ。

黙ってれば察してくれるなんて甘えた考え方はしない。相手が黙ってるなら、私のほうから話しに行く。

中学の頃とはまるっきり違う――それが、私が思う理想の自分だ。

「聞いてくれてありがとう。……そろそろ、みんなのところに戻ろっか？」

私が立ち上がると、明日葉院さんも小さく肯いて立ち上がった。

距離が縮まったわけじゃない。でも、そのための一歩は踏み出せた……そんな気がした。

伊理戸水斗◆海の世界で

僕たちは名護市にある二日目の宿泊施設にチェックインすると、選択したコースごとに分かれて広大な敷地内の各所に移動した。

僕たちが選択したのはシュノーケリングとバナナボート体験だ。二年七組でこのコースを選択したのは僕たちの班と吉野たちの班、合計十二人。そのメンバーで宿泊施設の敷地内にあるビーチに移動すると、水着に着替えてその上にウェットスーツを着た。

浜辺に並んで座り、インストラクターから注意事項を説明され、シュノーケルでの呼吸を練習したり、水中で使うハンドサインを習ったりすると、僕たちはいよいよ班ごとにボートに乗り込み、海へと繰り出した。

空はあつらえたような晴天。海面が陽の光を照り返し、キラキラと輝いている。それを覗き込んでいるだけで結女や川波、南さんは大はしゃぎだ。

唯一、いさなだけはボートの端に縮こまり、緊張の面持ちだった。

「海……無事に地上に帰れますように……」

僕は隣に座って、硬くなった親友の背中を軽く叩く。

「そんなに深刻に捉えるなよ」

「そんなに深いところに行くわけでもない。海洋恐怖症じゃあるまいし」

さすがの僕も、もしいさなが海洋恐怖症だったら無理強いはしなかった。ただ運動音痴で泳ぎに苦手意識があるってだけで、競い合うことのないアクティビティならいさなでもちゃんと楽しめるだろうという判断だ。

これは僕自身も感じていることだが、運動嫌いの原因の九割は体育の授業で他人と競わせられることにある——ドッジボールで一瞬で外野行きになったり、サッカーで役立たずの木偶の坊と化したり、持久走で周回遅れにされた経験が人を運動不足にするのだ。

それに比べたらシュノーケリングはインストラクターの言う通りに海に浮かんでいればいいだけである。……僕も初体験なので、予想に過ぎないが。

「気楽に行け。水族館にでも来たような気分で」

「水族館に溺れるリスクはありませんよ……！　水槽が壊れでもしない限り……！」

「明日本当に行くんだから変なフラグ立てるなよ。心配しなくてもライフジャケットがあるんだ。沈みたくたって沈めないよ」

「そうですよ〜！」

女性のインストラクターが笑顔で中腰になっていさなに言う。

「安全には充分に配慮してますから、安心して海を楽しんでください！　どうしても不安になったらいつでも私を頼ってくださいね！」

「は、はひ……」

……まあ大丈夫だろう。初対面の大人に緊張してる余裕がまだあるみたいだし。

そしてポイントに到着した僕たちは、満を持してボートから降り、海の世界を覗き込んだ。

実際のところ、僕自身、まったく緊張していなかったわけじゃない。何しろ本格的に海で泳ぐなんて初めてのことだ。洛楼高校には水泳の授業もなかったし、事前学習での練習を除けば、泳ぐこと自体久しぶりだった。

しかし、海面から差し込んだ陽の光で煌(きら)びやかに輝く珊瑚礁(さんごしょう)を見ていると、そんなことは忘れてしまっていた。

あんまり自然に感動するたちじゃないが、なるほど、まるで異世界を覗き込んでいるような感覚だった。

僕たちはインストラクターの指示に従って辺りを泳ぎながら、海の世界を堪能する。結女は南さんや、そして明日葉院と一緒に、珊瑚礁に住むカラフルな魚たちと戯れていた。

アメリカンビレッジで孤立していた明日葉院を連れ帰ってきてからこっち、どうやら少しだけ打ち解けることができたらしい。明日葉院のほうはまだ遠慮があるような気がするが、それを吹き飛ばすくらいに結女が積極的に彼女に関わろうとしている。

かつてこんなことがあっただろうか、と僕は感慨深くなった。高校デビューしたとはいうものの、あいつは結局、根本的な性格は全然変わっていなかったように思う。たぶんそれは生来のもので、努力でどうこうできるものではないのだ。

しかし明日葉院に対しては、まるで結女の友達になったときの南さんみたいに、引っ張っていくような力強さで関係を深めようとしている。

　僕は中学の頃を思い出した。自分よりも不器用に、周囲から孤立していた一人の女の子――そんな柄でもないくせに、その子に関わろうとしていた自分のことを。

……まあ、今の結女に比べると、中学の頃の僕や去年の南さんは少々、動機が邪だったと思うが……。

　僕は僕でいさなをフォローしながら、積極的に海に潜っていく川波にあっちこっち連れ回されていた。横目でいさなを窺うが、ゴーグルの中で瞼を大きく広げ、食い入るように海の世界を見つめていて――どうやらもう心配はないようだ。

　泳ぐのにも慣れてきた頃、結女が控えめな仕草で手招きしているのが見えた。

　いさなや川波のそばをそっと離れ、結女のそばまで泳いでいくと、そこには熱帯魚というのか、縞々模様で手のひらサイズの魚が、何十匹も群れを成していた。

　結女がその群れにそっと手を伸ばすと、魚たちの何匹かがつんつんと鼻先でその手をついてくる。僕もそれに倣うと、同じように魚がつついてきた。

　生きているな――そんな当たり前の感想を持った。モニターや水槽のガラス越しでは感じられないものが、そこには確かにあった。

　ゴーグル越しに結女と顔を見合わせ、目元だけで笑い合う。

　なんだ……僕も案外、満喫してるじゃないか。

中学の頃の僕が、こんな風に修学旅行を普通に楽しんでいる未来の自分を見たら、さぞかしがっかりするだろうな、と思った。

伊理戸結女◆人影は闇の中

「すごかったねー！　全部真っ青でさあー！」

「そ、そうですね……！　お魚が目の前を泳いでて……！」

「本当に晴れてよかったね。上を見ても真っ青で、海の中に溶けてるみたいだった」

シュノーケリング体験を終えた後、私たちはウェットスーツの上半身だけを脱いで、ボートの上で感想を語り合っていた。

ウェットスーツの下に着ていたビキニの水着は、東頭さんのも含めて三人で買いに行ったもので、特に東頭さんの水着を決めるときは南さんが熱狂していたものだ。しかし今、ご執心のそれが目の前にあるというのに、南さんは海の感想しか口にしなかった。

「あんまり来たことなかったけど、あたし、海好きかも」

揺蕩(たゆた)う水面を眺めながら、南さんは言う。

「結女ちゃんが言うように、まさに溶けてるって感じでさあ……小さいことはどうでもよくなってくるよね。また今度、自分でお金貯めてこようかなー。ね、川波！」

唐突に話を振られた川波くんは、だけど戸惑うこともなく、

「おお、いいぜ！　今度はサーフボードに乗ってみてーなー、オレは」

「サーフィンって！　ファッション陽キャ極まりすぎでしょ！」

「テッカテカの黒光りする海の男になってやるぜ……」

「似合わねーっ！」

南さんと川波くんが、二人してキャッキャと笑う。

その間に、私は隣に座っている明日葉院さんに声をかけた。

「明日葉院さんはどうだった？　楽しめた？」

「ええ……なんというか、感銘を受けました」

心なしかすっきりした顔で、明日葉院さんは言った。

「南さんの言う通り、小さい自分が海に溶けて消えていくような……。こんなに何も考えずに時間を過ごしたのは久しぶりです」

午前のことがあって以来、明日葉院さんは前よりも普通に話してくれるようになった。だけど、今は特に饒舌だ。これも大自然のパワーだろうか。

ちなみに水斗は、ボートの縁にもたれかかってぼーっとしている。慣れない運動をした

から疲れたらしい。東頭さんの運動不足解消のためにマリン体験コースを選んだらしいけど、他人（ひと）のことを言えないわね。

ボートが陸地に着くと、しばらくインターバルがあった。この間は普通に海で遊んでてもいいらしい。

とはいえ私も体力があるほうではないので、ビーチではしゃぐ吉野さんたちの班をパラソルの下から眺めていると、暁月さんがよく冷えた缶ジュースを持ってきてくれた。

「お疲れー！」

「お疲れ」

受け取った缶ジュースのプルタブを開けている間に、暁月さんは隣に座ってくる。

そして私がジュースに口をつけようとした瞬間、悪い顔をしてこう言ってきた。

「上手（うま）くやるよねえ、結女ちゃんも♥」

あまりに含みのある言い方に、私は思わずジュースを口から離す。

「え？　な……何が？」

「上手いこと明日葉院さんや川波が見てない間に、伊理戸くんとイチャついてたじゃん。抜け目なくなっちゃって……あたしとしてはちょっと寂しいよ～」

「抜け目ないって、そんな人を狡猾（こうかつ）な人間みたいに……」

私が苦笑すると、暁月さんは「でも」と言って、

「意外と危ない橋渡るじゃんか。知ってんだよ～？　昨夜もプールで……」

「え!?」

なんで暁月さんがそれを……？　水斗と会うことはもしかしたら気付かれてたかもしれないけれど、プールで会ってたことまでは知らないはず……！　もしかして、暁月さんがあの植え込みに隠れていた――

「感謝してほしいねっ！　あたし、見張ってあげてたんだからさっ！」

「え？　見張ってた……って、どういうこと？」

「21時から伊理戸くんと会うんだろうな～、って思ったからさ、悪いけど10分くらい前に先回りして、結女ちゃんがプールに入っていくのを見届けたんだよ。それからたまたま他のクラスの――坂水ちゃんたちと会って、そのまま喋りながらプールの入り口を見張ってたんだよね～。結女ちゃんたちの逢引きを邪魔されないようにさっ！」

そういえば、一度プールを出たとき、同じ階に生徒の気配がした……。あれは暁月さんや麻希さんたちだったのか。

「……というか、それってほぼストーキングじゃない？」

「てへぺろ」

まあ私も、逆の立場だったら同じことをしていたかもしれない。だって気になるもの。

そっか。暁月さんがプールの入り口を……私たちが話している間ずっと――

――ちょっと待って？

「その見張ってたのって……いつまでの話？」

「そりゃあ結女ちゃんが伊理戸くんと一緒に出てくるまでだよ～」

「それまでの間、他の誰もプールに出入りしなかったの？」

「そりゃそうだよ。あたしがばっちり見張ってたんだからさ！」

……どういうこと？

だったら……私たちが追いかけたあの人影はどこに消えたの？

プールの出入り口は他になかったはず……。少なくとも人影が逃げ込んだ場所には絶対に、暁月さんが見張っていた入り口しか逃げ道がない。

私たちから逃げおおせた犯人は、絶対に暁月さんの目に触れていなければならないはずなのだ。

なのに……暁月さんは見ていないと言う。

麻希さんたちと話しながら、と言っているから、暁月さん自身にはアリバイがある。その証言に嘘（うそ）はない。

だとしたら犯人はどこに？

煙のように消えてしまったとでも言うの……？


新たな謎を抱えたままバナナボート体験を終えて、私たちは更衣室へと入った。

東頭さんがウェットスーツのファスナーに手をかけながら大きな息を吐く。

「ふぃー……やっと楽になります……」

「そりゃあ窮屈でしょうなぁ！　こんなに身体の前が出っ張ってたら！」

暁月さんがいつものように絡み始め、東頭さんの胸の上辺りにあるファスナーを横向きにスライドして開けていく。そして首の部分を顔から抜き、袖部分から腕を抜くと、

「どわあああーっ！」

解放されたHカップに、暁月さんの小さい身体がばぃーんと吹っ飛ばされていった。いや、そんなわけあるか。絶対それがやりたかっただけでしょ。

まあ胸が大きいと脱ぎ着が大変なのは確かだろうし、手伝ってあげたほうがいいんだろう。

「明日葉院さんも、私が手伝ってあげようか」

「え、あ、えっと……じゃあ、よろしくお願いします」

私は明日葉院さんのウェットスーツのファスナーを開けてあげた。自分のを開けるよりもずっとやりやすい。それから暁月さんがやったのと同じように、首、腕と抜いていって上半身を脱がすと、ついでに下半身もくるくると巻き取るようにして脱がしていった。

なんだか妹のお世話をしてるみたい。私、一人っ子だったから、こういうのもちょっと楽しい──

──そんな気持ちは。

明日葉院さんの太ももが露わになった瞬間に──消えてなくなった。

暁月さんみたいに、下心が芽生えたわけじゃない。

右足の、太ももの、外側──

そこに、絆創膏が貼ってあったからだ。

「……明日葉、院さん。これって……？」

「あ……それは……」

明日葉院さんはどこか言いづらそうに、

「昨日……ちょっと。もうほとんど治ってるので、大丈夫です」

「そっ……か」

私はようやく、それだけを口にした。
水斗は言っていたはずだ。
私たちの密会を覗いた犯人は、身体のどこかに、植え込みの枝でつけた切り傷がある
――
明日葉院さんは、濡れた絆創膏をペリッと自分で剝がした。
その絆創膏の下には――
――鋭い木の枝でつけたような、細い切り傷が走っていた。

伊理戸水斗◆こんなときに恋人にできることは

二日目の宿泊施設、と一言で言うが、その実態はビーチに隣接した山の中にホテルを始めとしたリゾート設備を片っ端から揃えた、ちょっとした街のようなものだった。
その中にある宿泊棟の前に、各体験コースを終えた生徒たちが集合していた。今、教師が点呼を取っているところで、それが終わったら夕食までほとんどの生徒は自由時間になる――はずなのだが、ウチのクラスの班の一つが遅刻していた。そのおかげというべきか、一足早く、少しの間ではあるものの僕たちはめいめいに自由な時間を過ごしていた。

「……ね、ちょっと」

その時間に、結女にこっそりと袖を引かれた。

その場では何も言わず、結女はさりげなくクラスを離れていく。何か話したいことがあるらしい――僕はその背中を追って、ホテルのそばにある大きなプールのほうに向かった。

南国感を演出するためだろう、プールの周りにはヤシの木のようなものが生えている。それが傾きかけた太陽に照らされて落とす、細長い影の中に、結女は佇(たたず)んでいた。

「どうした？」

俯(うつむ)きがちな結女に、僕は問いかける。

結女はしばらくそのまま、迷うように――あるいは戸惑ったように――沈黙すると、ようやくためらいがちな調子で口を開いた。

「実は……昨夜の犯人のことなんだけど……」

「……何か手がかりを掴(つか)んだのか？」

結女はこくりと肯(うなず)いて、言う。

「傷があったの。……明日葉院さんの、太もものところに」

「……明日葉院か」

「驚かないの？」

「僕たちのことを見た犯人は確実にいるはずなのに、その情報が拡散している様子がまるでない。もしかしたら僕たちと関わりのある人間じゃないかとは、予想していた」

そうだとしたら、僕たちのことを黙っていることにも説明がつく。

それに、僕たちが会っているところを狙ってプールにやってきたことにも。たまたま僕や結女がプールに入っていくところを見た、という可能性ももちろんあるが、それと同じくらい、どこかの会話で僕たちが会うことに勘付いたという可能性も存在するからだ。

正直なところ、僕は六割くらいの確率で、犯人は川波じゃないかと思っていた。

だが、犯人が明日葉院だとしたら、今日になっての彼女の態度の変容にも説明がつく。

僕たちの仲を知ったからこそ僕にちょっかいをかけるのを止め、結女に対しても気まずくなってしまった……。

「それで……君はどうするんだ？」

僕は結女に問いかける。

「犯人が明日葉院だったなら、言いふらすようなことはないだろう。気付かなかったふりをしていても何の支障もない」

「……そうね」

「それではすっきりしないっていう顔だな」

結女の顔は依然として曇っていた。

怒っているわけじゃない。ただ疑問が残っているのだろう。

なぜ、僕たちの密会を覗いていたのか？

明日葉院は性格的にそんな下世話なことをするタイプじゃない。何か理由があったはずだ――彼女自身にしかわからない理由が。

しかし迷っているのだ。せっかく仲良くなれたかもしれない明日葉院を、問い詰めるような真似をしてもいいのか。

「君さ、人狼ゲームが苦手なタイプだろ」

「え？」

結女は虚を突かれて、顔を上げた。

「器用に外面を取り繕えるタイプじゃない。優等生キャラで今まで上手くやってこれたのは、それが素に近いからだろう？　気になってることがあるのにそれを隠して付き合っていくなんてこと、君にできるとは思えないね」

「それは……そうかもだけど……」

「勇気を出すなら早いうちのほうがいい」

僕はぽんと結女の肩に手を置いて言う。

「義理のきょうだいと付き合うのに比べれば、なんてことないだろ？」

僕が微笑むと、結女もそれを見上げて、困ったように苦笑した。

「本当にね」

きっと、結女の中ではほとんど決まってたのだ。

僕に背中を押してほしかったのだろう。僕も当事者だからってだけじゃなく……一蓮托生の恋人同士として。

「私……確かめてみる。明日葉院さんに……まだ解けてないわだかまりが、たくさんある気がするから」

「頑張れ」

短く簡単なこの言葉が、僕に贈れる最大限のものだった。

伊理戸結女◆タイミングを見計らう

クラスのところに戻ると、ちょうど遅刻していた班が先生に言い訳しているところだった。女子３人、男子３人の班なんだけど、主導権を握っていた女子側が集合時間を勘違いしていたらしい。それでちょっと揉めているようだ。

　二年七組は女子が15人、男子が15人の30人クラスで、男女半々なんだけど、吉野さんがいるからか女子の権力が強めだ。男子はそんなことあんまり気にしない傾向にあるような気がするけど、こういう行事のときはちょっと軋轢が生まれてしまう。

　その後、無事に点呼が終わると、班長会があった。クラスごとに五人いる班長が集まってその日の報告をする。さっきの遅刻騒ぎを除いては、特に何事もなかったようだった。

　その次は夕食とレクリエーション。沖縄そばを食べて島唄ライブを鑑賞するという、いかにも沖縄って感じの時間だった。

　それも終わって、いよいよ自由時間がやってくる――

「はー……リゾートって感じー……」

　今日の客室にはベランダがあり、そこから南国らしい木々や夜のビーチを眺めることができる。暁月さんはベランダに置いてある椅子に座って、まったりと風景を眺めていた。

「いいねー、こういう何もない時間って。心が休まる感じがするよ」

「意外……暁月さんは何かしてないと死んじゃうタイプかと思った」

「あたしゃマグロか！」

　隣の椅子に座っている私に突っ込んでくる声も、心なしか柔らかい。

　交友関係の広さから考えて、私なんかの何倍もＳＮＳを通じたコミュニケーションを日々捌いているはずの暁月さんだから、たまにはこうしてスマホから離れてデトックスする時間が必要なのかもしれない。

「結女ちゃん、後でお土産屋さん行こーよ」

「うん。私も生徒会の先輩たちに買いたいし」

言いながら、私は部屋の中をちらりと見る。

部屋の中では、ベッドの一つで東頭さんがぐったりと寝そべり、もう一つでは明日葉院さんが参考書を読んでいた。

どこかのタイミングで明日葉院さんと二人きりになるタイミングを作らなきゃ……水斗が言う通り、時間が経てば経つほど訊きにくくなってしまう。

「明日葉院さんも一緒に行かない？」

後ろに振り返って言うと、明日葉院さんが参考書から顔を上げた。

「明日葉院さんも欲しいでしょ？　会長とか亜霜先輩へのお土産！」

「そうですね……。お世話になってますし」

よし。とりあえず一緒に部屋から出ることには成功しそう。部屋の中にいる限り、二人きりのタイミングなんて絶対来ないしね。

「東頭さんはどうするー？」

暁月さんが言うと、東頭さんはベッドに寝転がったまま手をぶらぶらと振る。

「やめときます……。お土産渡す相手もいませんし……」

「お母さんとかお父さんとかいるでしょ……」

私は苦笑するけど、東頭さんは起きる気配がなかった。相当疲れたらしい。

「じゃあまあ、そっとしとこっか」

そう言って、暁月さんは椅子から立ち上がる。

後でって言ってたのに、もう行くらしい。

私も立ち上がって、部屋の中に入る。

「行くよ、明日葉院さん」

「はい」

明日葉院さんも参考書を鞄(かばん)の中にしまうと、お財布を持ってベッドから降りた。

そうして私たちは、東頭さんを残して部屋を出る。

宿泊棟を出ると、そのまま道路沿いに歩いていった。

道路の横に植えられた、葉っぱが細く尖(とが)ったヤシの木（？）には、煌(きら)びやかなイルミネーションが施され、夜だけど道は充分に明るい。

視界が煌びやかな一方で、聴覚のほうは落ち着いたものだった。さざ波の音だけが、遠くから優しく、繰り返し響く……。こうして海の音を聞いていると、本当に遠くまで来たんだなという気持ちになった。京都市に住んでいると、海に近づく機会はほとんどないし(琵琶湖のほうがまだ多い)。

カーブする道路を進んでいくと、お土産屋さんが見えてきた。一階建ての建物で、軒先に大きな庇がついている。

中に入ると、ちょっとしたスーパーくらいのスペースに、ちんすこうやサーターアンダギーなどのお菓子、シーサーの置物などの工芸品や民芸品が所狭しと並べられていた。その棚の間に、早速見知った顔を見つける。

「お、よお」

川波くんが軽く手を上げる。その隣で、水斗が無言でこちらを見た。

暁月さんが手を上げて応えながら二人に近づく。

「殊勝じゃん。お土産選びとかさ」

「こういうのはマメなタイプなんだよ。知ってんだろ?」

「あたしにはないのー?」

「あるわけねーだろ。どんだけがめついんだてめーは」

幼馴染みの応酬に微笑ましくなっていると、水斗が意味ありげな視線を送ってきた。

彼の目が一瞬、私の隣にいる明日葉院さんに動く。

それで私は、水斗の意図を理解した。

「明日葉院さん、あっちのほう見てみよ」

「あ……はい」

暁月さんと川波くんが幼馴染み空間を展開している今がチャンスだ。私は明日葉院さんと二人、こっそりと店内の端のほうに向かう。きっと水斗が時間を稼いでくれるはずだ。

伊理戸水斗◆確定したこと

結女が明日葉院を連れてそっと離れていくのを、僕はさりげなく確認する。

幸いにも川波や南さんは気付いていないようだ。この二人に余計な詮索をされるとさらに話がこじれる可能性もあるからな。

適当に二人の話に交ざって時間を稼いでいると、南さんがふと何か思い出した顔をして、

「伊理戸くん、そういえばさー、結女ちゃんにも聞いたんだけど……」

「お、なんだなんだ？」

「………………」

僕よりも先に話に食いついた川波を、南さんはじろりと睨む。

「あんたには言ってない。デバガメは失せな！　しっしっ」

「へいへい、わかったよ。向こうで耳塞いでりゃいいんだろ？」

川波は潔白を主張するように両手を上げて、店の奥のほうに離れていった。棚に並ぶ土産物を眺めながら、律儀に手で両耳を塞ぐ。上手く手懐けたもんだ。

それから南さんは少し声を潜めて、さっき言いかけていた話を続ける。

「結女ちゃんと昨夜の話をしたんだけどさ……なんかあった？」

「なんかって——いや、その前に昨夜の話って何の話だ？」

「隠さなくてもいいってー。あたし、見てたからさ。二人がプールに入っていくの」

「なんで見てたんだ——っていうのは、訊いても無駄か」

「てへぺろ」

尾行か張り込みか……いずれにせよ彼女の得意技だ。

「ちなみに確認しておくが、見てたっていうのはどのくらいからだ？」

「21時の10分くらい前——つまり20時50分くらいから。スマホがなかったから細かくはわかんないけど、たぶんそんくらいだと思うよ」

「張り込みのほうか……。それじゃ、なんかあったかっていうのは？」

「その話をした後にね、結女ちゃん、なんか考え込んじゃって。そのときに何かあったのかなってさ。喧嘩……とかじゃないよね？　そんな雰囲気ないし」

「あったといえば、あったが……」

彼女に昨夜の出来事を話すべきかどうか、僕は少し判断に迷った。

話せばきっと、その交友関係の広さからくる情報網を使って力になってくれるだろう。だけど彼女に対しては、僕はちょっと別件で、とある疑いを持ちつつあった。

それに一番の友達である結女が話せなかったわけだしな……。

「……結女とはどんな話をしたんだ？　もうちょっと詳しく聞かせてくれ」

「今の話と大して変わんないよ？　あたしが結女ちゃんがプールに入ってから二人が出てくるまでの間、ずっとプールの入り口を見張ってたっていう――」

「何だって？」

その話が本当だとすると……逃げた犯人はどこに消えたんだって話になる。

「その話を証明できる人間はいるか？」

「なになにっ？　いきなり警察みたいじゃん。いるよ？　坂水ちゃんと金井ちゃんが一緒にいたから」

「君が見張ってるのを知ってた人間は？」

「あたしだけだけど？　こんなこと誰にも喋らんし」

「なるほど……」

それは結女も考え込むはずだ。これはミステリオタクにとってはお誂え向きの、密室ってやつだ。

とすると、考えられるのは――

「……ん？」

いや待て。……ちょっと待て。

そうなると――ありえないじゃないか。

今朝の一悶着の話を聞いたついでに、僕は結女から聞いている――プールから部屋に戻ったとき、先に部屋に帰っていたのは誰だったか。

「はあ……」

「も～！　二人して考え込んじゃってさ！　何なの、それ！」

「南さん……悪いけど、何も聞かずにもう一つだけ答えてくれないか」

「一応聞くよ。何？」

「僕たちが出てくるまで見張ってたって言ったよな。それは一回目か？　二回目か？」

「あー、それね。二回目だよ。一回プールから出てきて、中に戻っていって、もう一回出てきてエレベーターのほうに来るまで！」

「そうか……」

人影を追いかけて一度廊下に出てきた時点で見張りをやめていたなら、整合性は取れていた。

だけど、二回目までちゃんと見張ってたっていうんなら――ダメだ。

明日葉院蘭は、犯人じゃない。

伊理戸結女◆どうせあなたはわからない

棚に並んだ色とりどりの琉球ガラスの器を眺めながら、私は話を切り出す機会を窺う。

どうにか自然な流れで明日葉院さんに事実を確認できれば……そう思っていたけれど、自然な流れなんてどう考えてもできそうにもなかった。結局、私が覚悟を決めるしかない。

勘違いだったならそれはそれでいいのだ……事実だったとしても、私は別に怒りはしない。

ただ、できれば、何を考えているのか教えてほしい――それだけなのだ。

黙って琉球ガラスを見つめている明日葉院さんをチラチラと見ながら、私は遠慮がちに口を開いた。

「ねえ……ちょっと変なこと聞いてもいい？」

明日葉院さんの顔がこちらを向く。

私は一度唾を飲み込んでから、やっぱり正面からは顔を合わせられないまま、質問をする。

「昨日の21時頃……どこで、何してた？」

我ながら奇妙で不躾な質問だと思う。でも私には、これ以上取り繕いようがなかった。

案の定、明日葉院さんは怪訝そうに眉をひそめながら、

「それは、どういう意図を持った質問ですか？」

「ご、ごめんね。実は……その時間、好きな人と会ってて……」

こんな質問をする以上は、素直に白状するしかない。相手が水斗であることだけは隠しつつ――

「そのときに、誰かに見られたみたいなの。それが誰だったのか気になってて……。だからもし、何か知ってることがあれば……って」

一度、横目で明日葉院さんの様子を窺う。

明日葉院さんはもう、私のほうを見てはいなかった。

万華鏡のように色鮮やかな琉球ガラスを見つめながら――深く、重く、呟きを落とす。

「――無邪気ですね、あなたは」

「…………え？」

予想外の返事に、今度は私が明日葉院さんの顔を見つめることになった。

「口を開けば楽しそうに色恋の話をして……わたしがどんなに敵視しても、努力しても、ちっとも気にしないで……」

「……明日葉院さん……？」

「わたしはずっと――あなたのことばかり考えてるのに」

そう口にした瞬間、明日葉院さんははっと顔を上げて、私の顔を見た。

私の――おそらくは、困惑した顔を。

明日葉院さんは俯いて唇を引き結ぶ。悔しそうに、恥ずかしそうに。私はどうすることもできなかった。どうするのが正解なのかわからなかった。

そうしているうちに、明日葉院さんが背を向ける。

「明日葉院さん！」

私の声に止まることなく、明日葉院さんはお店を飛び出していく。

私は反射的にそれを追いかけていた。人工の光に照らされたリゾート地の道路に飛び出して――走り去る小さな背中が、闇の中に消える前に。

ギリギリ、追いつく。

私の手が、明日葉院さんの腕を摑んでいた。

「どうしたの、いきなり……!?」

明日葉院さんは私に背中を向けたまま、絞り出すように答える。

「いきなりでは……ありません」

「え……？」

「わたしはずっと……苦しくて……認めたくなくて……腹立たしくて……頭の中も、胸の中も、ぐちゃぐちゃで……」

明日葉院さんの肩が震えていた。

まるで、ダムが決壊する寸前のように——

「どうしてこんなに、あなたのことばかり考えないといけないんですか？　そんなの求めてないのに……一刻も早くやめたいのに……」

「私が、何かしちゃったの……？　だったら——」

「あなたは……何もしなかったんです。わたしはずっと……あなたのことを、ライバルだと思っていたのに！」

ライバル——

私は思い出す。生徒会室で初めて出会ったときの、挑むような彼女の目を。
テストがあるたびに私に向けてきた、あの戦意に溢(あふ)れた目を。
そういえば――二年生になってから、あの目を向けられていない。
いや、二年生になってから、じゃない。
一年生の学年末テストで、明日葉院さんが私を抜いて首席になってから――
――ああ、そうか。
私は――

「どうして、悔しがってくれなかったんですか！」

――明日葉院さんに初めて負けた、あのとき。
私は浮かれてて。水斗とまた付き合い始めて、楽しくて仕方がなくて。
自分のテストの順位なんて、もうどうでもよくなっていた。
だから、首席になった明日葉院さんに――初めて私に勝った彼女に。
屈託なく、素直に、こう言ったのだ。
――おめでとう、と。

「わたしは本気だった！　あなたも本気だと思ってた！　だから言われた通り睡眠時間も守って……どんな時間も惜しんで勉強して……やっと！　やっと勝てたのに！」

溢れ出した本音が、夜のリゾートに響いていく。

「テストなんかに本気になってるわたしがおかしいんですか!?　色恋に夢中になってるあなたたちが普通なんですか!?　だったら教えてくださいよ！　どうやったら普通になれるんですか！　男子にドキドキしたことなんて、生まれてから一回もないこのわたしに！」

ああ――今更だ。本当に今更だ。

紅会長も、亜霜先輩も、みんなみんな彼氏ができて、そういう話ばかりになって。

彼女はずっと、その輪の中に入れなかった。

そんなこと気にするタイプだとは思ってなかった……。私たちの話をくだらないと、適当に聞き流しているんだと思っていた……。

どう思ってるのかなんて、直接聞いたこともなかったくせに。

「ご……ごめんなさい……。私……明日葉院さんのこと、全然……」

「――いいですよ、別に」

さっきまでの激情が嘘みたいな冷たい声で。

振り返った明日葉院さんの目には、だけど涙が溜まったままで。

そして告げるのだ。

仮面の向こうから、別れの言葉を。

「わたしのことなんか……どうせわからないでしょう?」

力が緩んだ手を、強引に振り払われた。

そして明日葉院さんは、夜の闇の中に消えていく。

今度は、追いかけられなかった。

声をかけることすらできなかった。

どんな言葉も、今の私には荷が重すぎた。

勝手に友達だと思っていただけの、独りよがりな私には。

第三章　深入りする三日目

伊理戸結女◆わからないままでなんて

修学旅行三日目、朝――

ゆっくりとベッドから身体を持ち上げると、四台のベッドのうち一つが、すでに空になっていた。

……明日葉院さん……。

荷物さえも綺麗に片付けられて、彼女の存在を示す痕跡はシーツの乱れだけになっていた。

私は、昨夜のことを思い出す。

明日葉院さんのことを見送ることしかできなかった、その後のことを――

「明日葉院は犯人じゃなかった」

いやに明るいイルミネーションが施された木のそばで、水斗（みずと）はそう言った。

「南（みなみ）さんがプールの入り口を見張ってた……。それを聞いて確定した。僕ももう少し、君の話を深く聞くべきだった……。ごめん」

「……どういうこと……？」

私がうずくまったまま力なく訊（き）くと、水斗は答える。

「南さんがプールの入り口を見張ってた以上、犯人が更衣室を抜けて廊下に出ていったのは、僕たちが自分の部屋に戻った後ってことになる」

「それって……隠れてたってこと？　どこかに隠れて、私たちの目をやり過ごした……？」

「それしかない。更衣室にはあっただろう――縦長のロッカーが、いっぱいさ」

……確かに、あった……。

更衣室のロッカー……あれだったら、身を潜めて私たちをやり過ごすことができる……。

「あのとき、僕が少し廊下に出てくるのが遅れたのを覚えてるか？　実はあれは、男子更衣室のロッカーの中を調べてたからなんだ。君のほうはたぶん、そこまで調べてないよな」

「……うん……」

あのとき――私が通り過ぎた女子更衣室に、隠れていたのか……。あの人影が……。

「犯人は僕たちが出ていって、南さんが見張るのをやめた後に、女子更衣室のロッカーの中からこっそりと出てきた……。そうなると、犯人は僕たちより先に部屋に戻ることはできない」

「……うん」

「君が部屋に戻ったとき、すでにそこには明日葉院がいた。だから明日葉院は犯人ではありえない。もし犯人だったら、まっすぐ部屋に戻った君を、後ろから追い抜いたことになるからな」

「うん……」

「……なんで今、この話をするかわかるか、結女」

私は緩やかに首を横に振った。考え込む元気さえ今の私にはなかった。

水斗は優しい声音で言う。

「僕たちを覗（のぞ）いていた犯人は他にいる。だが、明日葉院の太ももに傷がついていたのは事実だし、何者かがあの植え込みで怪我（けが）をしたのも事実なんだ」

「……あ……」

「今日――二日目になってから、明日葉院の態度も変わった。何らかの事情があって、明日葉院があの植え込みに隠れていたのは事実だと思う。僕たちが会っていたときじゃない、別のタイミングでだ——明日葉院はあの植え込みから何かを見た。そして態度を変えた……。その延長上に、さっきの彼女の言葉があるんだと僕は思う」

——わたしのことなんか……どうせわからないでしょう？

突き放したような、諦めたような、あの言葉が頭の中に響く……。

「君はもう、知る気はないのか？　明日葉院に何があったのか、明日葉院が何を考えているのか——本当に、どうせわからないと思うか？」

私は俯いて、膝の中に顔をうずめた。

「わからない……わからないけど、それはいや……」

子供みたい。だけど、それが今の私の偽らざる心境だった。

水斗が私の隣にしゃがみ込む気配がする。それからそっと優しく、丸まった私の背中に手が添えられる感触があった。

「僕は君のそばに寄り添ってやることはできる……。だけど、うわべだけの言葉で慰めたり、ましてや明日葉院を悪く言って溜飲を下げたりしてやることはできない……。それはフェアじゃない。明日葉院にはそういう相手がいないんだから。誰よりも君自身が、それを許せないだろう？」

そうだ。こうして水斗に言葉をかけてもらうことすら甘えていると思う。

ここで水斗に立ち直らせてもらって、明日葉院さんと仲直りしようとしても、明日葉院さんのことを理解するなんて一生できないような気がする。

どうせわからない――

その言葉を否定することなんて……一生。

「一晩ゆっくり考えてくれ」

水斗は言う。

「そうやって自分で決めるんだ。その上でなら、僕はいくらでも力を貸す」

「……ありがとう」


そして一晩が経った。

私たちはどことなく重い空気のまま寝巻きから着替えて、客室を出る。

そして朝食のためにレストランにやってくると、そこで水斗と出会った。

水斗は食べていたパンをトレイに置くと、立っている私の顔を見上げて言う。

「決めたのか？」

「うん」

私は知りたい。

わからないままでなんていたくない。

優等生になったって、友達ができたって、生徒会に入ったって、彼氏ができたって、このままじゃ中学の頃と同じ――受け身で、愚かで、誰かが何とかしてくれることを待つだけだった私と同じ。

ちゃんと知って、向き合わなければ――わからない。

「それなら、まずやるべきことがあるな」

「やるべきことって？」

「もう一つあっただろ。この修学旅行中に起こった、妙な事件がさ」

そう言って、水斗は悪戯（いたずら）っぽく笑った。

伊理戸結女◆意味のない事件の意味

そしてろくに説明されることもなく、私はバスに乗っていた。

時間がそんなになかったこともあるし、周りにたくさん人がいたのもあるけれど、それと同じくらい水斗が私に意地悪をして説明してくれないだけのようにも思えた。

何かわかってることがあるなら言いなさいよ！

推理小説のワトソン役の気持ちを思う存分体験している私だった——当のホームズ様は、バスで隣の席の東頭（ひがしら）さんと楽しそうに喋（しゃべ）ってるし。

「いさな、ちょっとしおり見せてくれるか？」

「いいですけど、自分のはどうしたんです？」

「バスに乗る前に預けた荷物の中に入っててさ」

「なるほどです。はいどうぞ」

「……うん。綺麗に使ってるな」

「えへへ。褒められました。わたしは教科書やノートも新品同然の綺麗さですからね！」

「それはもっと汚せ」

やきもきしているうちにバスは目的地にたどり着く。

三日目午前の予定は、美ら海（ちゅらうみ）水族館の観覧だ。

水族館といえば去年、水斗と一緒に行ったあそこが思い出されるけれど、美ら海水族館はさすがと言うべきか、スケールが一つか二つは違った。

ジンベイザメのモニュメントが建っている広場で記念撮影を終えると、まるでターミナル駅のような広々とした建物の中に入り、下りのエスカレーターに乗る。

その際、前方に真っ青な海が広がり、「おお〜！」という歓声が周りから上がった。ここは水族館の正門のようなものだけれど、実は屋上に当たる部分であり、その高さのおかげで海を広く眺めることができるのだ。

エスカレーターから右手に回ると、いよいよ入り口でチケットを渡す。だけどここは三階だ。入り口から二階、一階と下っていくのが美ら海水族館の観覧ルートらしい。

「……それで、これから何をするつもりなの？」

私は声を潜めて、隣を歩く水斗に問いかける。

特に班行動とかではないので、みんな好き勝手な相手と館内を見て回るんだけど、水族館なんていうデートスポット以外の何物でもない場所で堂々と水斗と一緒に歩くのは、私としては気が気ではなかった。だけど当の水斗は平気な顔だ。

「片付けるんだよ。覗きのこととは別にあった、もう一つの事件を」

「それって、修学旅行のしおりが盗まれたことを言ってるのよね？　それが何か関係あるの？　私はただ——明日葉院さんが何を考えてるのか知りたいだけなんだけど」

「大いに関係あると僕は読むね。なにせ明日葉院は、その事件の犯人だ」

「え？」

予想外の台詞に、私は水斗の顔を見つめた。

そうこうしているうちに、多くの珊瑚が植えられた（？）大きな水槽が見えてくる。

水斗はその水槽を泳ぐ、ペンキで塗ったみたいに鮮やかな青や黄色の魚を眺めながら、

「正確には、犯人の一派――わかりやすく言えば共犯者ってところかな」

「共犯者……？　な、なんで明日葉院さんがそんなこと……⁉」

「そこまでは僕にもまだわからない。まあなんとなく想像はつくけど――だから、その辺りのことをはっきりさせようと思ってるんだよ」

珊瑚の水槽の前を通り過ぎると、『熱帯魚の海』というエリアに入った。色とりどりの魚たちが泳ぐ様子を、洛楼の生徒を含む観光客たちがひしめき合って眺めている。静かで落ち着いた水族館のイメージとは真逆の喧騒だった。

この階の水槽は屋上に面していて、水越しに日が差し込んでくる。水槽を通って青く染まった光が、通路と観光客たちを明るく照らしていた。

私はその中を歩きながら、人垣越しに熱帯魚たちを見やる。

「……せっかくなら、もっとちゃんと見たかった……」

「でも集中できないだろ、今は」

慮る声音で、水斗は言う。

「いつかまた来ればいい。南さんや、明日葉院たちとさ」

「……うん」

本当は、『いつかまた』があったとしたら、水斗と来ようと思っていた。せっかくの旅行なのに、あんまり二人きりの時間が取れないから。

でも、明日葉院さんたちと来るのもいいなと今は思っている――恋人に、友達に、こんなにたくさん旅行に行きたい人がいるなんて、私はいつの間にこんなに恵まれたんだろうと不思議になった。

大きな水槽をぐるりと回り込み、次のエリアに繋がる細い通路に入る。水槽から射し込んでいた日光がなくなって、映画館の通路のように薄暗くなった。

その道の途中に、見覚えのある姿がある。クラスメイトの女子たちだ。昨日、夕方の集合に遅刻していた班の――3人で歩きながら、キャッキャとはしゃぎ声を上げている。

「ちょっといいか」

水斗がその背中に追いついて、声をかけた。

3人が振り返って、ちょっと驚いた顔をする。

「な、何？　伊理戸くん……」

真ん中の子が代表して返した声には、戸惑いの響きが強く滲んでいた。

私も戸惑っている。しおり泥棒の件を調べるというから、てっきり吉野(よしの)さんたちに声をかけるんだと思っていたのに――

「悪いけど、しおりを見せてくれないか。確認したいんだけど、ちょっと見つかんなくってさ」

「し、しおり？　ええっと、それは……」

3人は困った様子でお互いに顔を見合わせる。

これは……？　なんで困ってるの？

私の疑問には、次の水斗の一言が答えた。

「盗まれたんだな？」

3人が一斉に息を詰まらせた。

盗まれた……？　この子たちも、しおりを？

固まるばかりの3人に水斗はさらに畳み掛ける。

「警戒しなくてもいい。悪いようにはしないよ。実は、犯人に心当たりがあるんだ――それをはっきりさせるために、君たちが今持っているしおりを見せてほしい」

君たちが今持っている？　どういうこと!?　盗まれたって今言ったばかりなのに！

混乱の極みに達している私に、水斗が振り返って言う。

「言っただろ、前に――『向こうが勝手に喋ってくれた』ってさ」

「えっと……吉野さんたちに話を聞きに行ったときの話？」

「そう」

昨日の朝の話だ。確かに水斗はそんなことを言っていた――あのときは結局、何に気付いたのか、意地悪をして教えてくれなかったけど。

「あのとき、当時のことを証言してくれた女子は『部屋にいた4人全員分のしおりがなくなっていたから盗まれたんだと思った』と主張していた。だけどこういう風にも言っていた――『朝起きて、荷物の中を見て、すぐに盗まれたと思った』と。全員分の荷物を確認するまでもなく、彼女にとっては盗まれたことが明らかだったんだ」

言われてみて初めておかしいと気付く。自分の荷物の中を見てしおりがなくなっていた、というだけでは普通、紛失したんだと思うはず――いきなり盗まれただなんて思わない。

「荷物の中を確認するだけで、盗まれたことが明らかな状況になっていたんだ。それがどういう状況なのか――僕は一つだけしか思いつかなかった」

「それって……？」

「『自分のしおりが別のしおりにすり替わっていた』という状況だ」

「あっ……！」

私が声を上げると同時に、３人の女子がバツの悪そうな顔をした。

確かに、しおりがすり替わっていたんなら、人為的なのは明らか——盗まれたことは明らかだ。

「でも……しおりの内容はみんな同じのはずじゃない？　なんですり替わってるってわかったの？　クラスは表紙に印刷されてるから、別のクラスのだったとか——あるいは、しおりの中に書き込みがあったとか？」

「別のクラスのしおりになってたのなら、教師に訴え出てもよかったはずだ。誰の目から見てもすり替えられたのが明らかだからな。でも、同じクラスのしおりだったなら、教師の目からすると盗まれたとは断定できない——中にどんな書き込みがしてあったかなんて、教師の関知するところじゃないからな」

「書き込みがあった……。それが犯人の目的だったってこと？」

「少なくとも、僕にはそれ以外思いつかない」

誰もが同じものを持っていて、盗む価値なんておよそあるとは思えない修学旅行のしおりを盗む理由——しおりへの書き込み、しおりに追加された情報こそが、犯人の目的だったのか。

「おそらく、すり替えられて手元に残ったほうのしおりにも書き込みがある。それも簡単には消せない、ボールペンとかで書かれたものがな」

水斗はそこまで言って、黙り込んでいる3人の女子のほうを向いた。

「昨日、君たちはそれのせいで集合時間を勘違いしたんじゃないか？　時刻のところを塗りつぶされたりしていたせいで——」

昨日の遅刻——あんな些細なことから、水斗は疑ったのか。彼女たち3人もまた、吉野さんたちのようにしおりをすり替えられたんじゃないかと。

3人は再び互いの顔色を窺い合うと、こそこそと小さな声で二言三言話し合い、こくりと小さく肯いた。

「……わかった……」

真ん中の女子が、溜め息をつくように言う。

「そこまでバレてるなら、隠してても仕方ないや……。私のでいい？」

「いや、できれば全員分の」

3人はそれぞれ自分のバッグから1枚ずつしおりを取り出した。3枚重ねて差し出されたそれを水斗は受け取り、「ここは暗いからもうちょっと先に行こう」と言った。

五人で薄暗い通路を進み、壁に個水槽が並べられたエリアに入る。

エリアの入り口のすぐそばに、無数の細い触手が珠暖簾みたいに長く垂れ下がった、クトゥルフじみた見た目のクラゲが展示してあった。横の説明を見ると、『ハブクラゲ』という種類らしい。

水斗は個水槽に集まる人だかりを避けて壁際に寄ると、預かったしおりを開く。

「……なるほど」

「何がなるほどなの？」

水斗は開いたしおりを一枚ずつ私に見せてくる。

水斗が言っていた通り、どれも所々、文字がボールペンで塗りつぶされていた。塗りつぶされた文字は一見してランダムで、共通点はない……ように見える。

「こんなしおりにすり替えて……何の意味があるんだろう」

「文字を塗りつぶしてしまえば、その文字に書き込みをすることはもうできないだろう？」

「文字に書き込みをする……？　って、丸をつけたりバツをつけたり？」

「ああ。盗まれたしおりにそういう書き込み——マークがつけてあったとしたら？　あちこちの文字にマークがあって、ひとつひとつ拾っていくと……」

「……文章になる？」

ミステリ脳を発揮してそう言うと、水斗は唇の片側だけ上げた。

そういうことだったの？　犯人が盗んだのは、しおりを使った——

「よく見ると、この3枚のしおりすべてにおいて、例外なく塗り潰されている文字がある」

私の思考が終着点にたどり着く前に、水斗は言った。

水斗は自分の——何の書き込みもないまっさらなしおりを開いて、預かった3枚のしおりと見比べる。塗りつぶされた文字は何だったのか確認しているのだ。

「全部で……広く捉えると、三種類」

そして水斗は、私にしおりを見せながら、ひとつひとつ指差していく。

しおりのすり替えを行った犯人が、どうしても吉野さんやこの女子たちにマークさせたくなかった文字を。

「——『い』」

「——『り』」

「——『ど』」

漢字もひらがなもカタカナも、数字の一とか、語呂合わせに使われそうなものも念入りに。

その三文字を示すものが、徹底的に塗りつぶされていた。

いりど——伊理戸。

言うまでもなく……それは私たちの名字だった。

「な……なんで……？」

私たちの——私の名前が？

今までの話の流れからすると、このしおりに示されているのは——

「しおりを使って行われていたのは、文字のマーキングによる暗号通信」

水斗は平然とした調子で言う。

「授業中にメモ書きを回すようなものだ。スマホが使えないからその代わりの連絡方法ってわけだ。そして察するに、こんな手段を用意してまでやり取りしていた情報とは——」

水斗の感情を窺わせない視線が、しおりを盗まれた3人を貫く。

「——結女が付き合っている相手とは誰なのか。そうじゃないか？」

3人は目をそらして、むっつりと黙り込んだ。

私が……付き合っている相手？

それって……私が告白を断るときに言っている……？

「元々噂の的だったしな。同じ学校の誰かだと明かしているわけだし、もし学年も同じだとしたら、修学旅行中に接触を図るはずだと思われてもおかしくない。その情報をしおりを使ったスパイごっこで集めようとしたわけだ」

そんなことだろうと思ったよ、と言って、水斗は3枚のしおりを閉じて重ねた。

納得がいった——だから吉野さんは、私にしおりがすり替えられたことを隠したのか。

今から思えば、あのとき、私はあまり歓迎されていなかったような気がする……。

「ご……ごめんなさい……」

女子たちの一人がか細い声で謝ると、水斗は重ねたしおりを差し出しながら、

「別に僕は怒ってないさ。たぶんこいつもな」

と言って私に一瞬視線を投げる。

「あんなに思わせぶりに言いふらしてるんだ。気になるのもわかる。むしろ匂わせみたいなことをするほうが悪い」

「ちょっと。どっちの味方？」

私が文句を言うと、「でも」と水斗は続けた。

「悪気がないとはいえ、家族のことを裏でこそこそ探られるのはあまり気分のいいものじゃない。今度からは気をつけてくれ」

女子がしおりを受け取ると、水斗はさよならも言わずに彼女たちに背を向けた。

私はそれを追いかけながら、こっそりと尋ねる。

「本当はちょっと怒ってる？」

「怒ってないよ。さっきも言ったけど匂わせるほうが悪い」

本当かな。声や態度の端々に、社会性で鎧ったような硬さが垣間見える。

去年の入学したばかりの頃、私目当ての男子に絡まれていたときも、こんな風に硬い態度だったような気がする。

私は頬を緩ませて、水斗の脇腹をつつこうとしたけれど、まだ彼女たちが見ているかもしれないと気付いて思いとどまる。

代わりに、少し意地悪を言うことにした。

「家族のことを……って、ずいぶん強調してたわね？」

「『僕の女を嗅ぎまわるな』とでも言ってほしかったのか？」

「まさか。ちゃんと考えてくれてるな～って。あんなにコミュニケーションをめんどくさがる人だったのに」

「僕も多少は成長したってことだよ」

「誰のために成長したのかな～？」

「…………………」

黙り込んだ水斗の横顔を見て、何を考えているか手に取るようにわかった。

売り言葉に買い言葉で『いさなのためだよ』って言おうとしたけど、それは恋人として言ってはならないことだと気付いて思いとどまっているらしい。

私は背中で手を組んで足取りを弾ませる。

「お姉ちゃんは嬉しいな～。弟がカッコいい男の子に成長してくれて！」

「……それよりも話の続きだ」

分の悪さを悟ってか、水斗は強制的に話を変えた。

「吉野たちとあの3人は修学旅行のしおりを使って暗号のやり取りをしていた。すると、それを盗んだ犯人の目的は何だ？」

「えーっと……暗号の内容を盗み見るため？」

「それだったら一日目の夜に盗むのは早すぎる。もっと有力な情報が出揃っている二日目とか三日目の夜に狙ったほうがいい。大体、あのくらい簡単な暗号なら、その場で内容が大体わかるだろうしな——実物を取っていく必要がない」

「そっか……。とすると——」

私はあの3人の女子の手元に残っていたしおりの状態を思い出した。

あちこちが塗りつぶされて虫食い状態になった——暗号には使えなくなったしおりを。

「——暗号のやり取りを……私について調べるのをやめさせるため？」

「そういうことだろうな」

なんとなくわかってきた……。この修学旅行の裏で起こっていたことが。

「僕たちのクラスの女子は、大きく二つの勢力に分かれているんだ」

水斗はピースするように二本の指を立てる。

「一つは吉野たち、君の彼氏が誰なのか詮索する勢力。もう一つがしおり泥棒、それを妨害する勢力だ」

男子は関わっていないと見ていいらしい。水斗曰く、川波に訊いたから間違いない、だそうだ。

整理された勢力図を頭の中に思い描いて、私は軽く自分の顎に触れた。

「私……なんとなくわかっちゃったかも」

「何が？」

「しおり泥棒事件の黒幕」

「だよな」

水斗は共感の笑みを浮かべた。

「こんなことを平然としでかすのは、僕らのクラスには彼女しかいない」

伊理戸結女◆なぜしおりの枚数に関係する数字だけアラビア数字なのか？

個水槽エリアを通り抜けると、『黒潮の海』という巨大水槽が右手側に見えてくる。

いきなり大きなマンタが私たちの目の前を泳いでいったので、びっくりしてしまった。真っ青に輝く水槽のパネルは、まるで竜宮城の窓……幻想的で、非日常的で、何よりも雄大だった。

通路を少し歩くと、映画館のようなホールに出る。およそ水族館のそれとは思えないものすごい人手で、まるで清水寺の境内だった。

並ぶ客席の後ろを、人混みをかき分けるようにして進むと、巨大水槽の全貌が露わになる。海を四角く切り取ったようなアクリルのパネルは、それこそ映画館のスクリーンのような大きさで、手前で写真撮影をしたりしているお客さんたちと比較すると、特にトラウマがあるわけでもないのにちょっと恐ろしくなってしまった。

巨大水槽の中には美ら海水族館の目玉でもあるジンベイザメが悠々と泳いでいる。その白いお腹を呆然と見上げていたら、隣の水斗にちょいちょいと袖を引かれた。

「見つけた。向こうだ」

水斗が指差したほうを見る。巨大水槽から射す青い光に照らされたホールは二階層に分かれていて、私たちは客席が並ぶ二階から彼女の姿を見下ろしていた。

そう――一年のとき同じクラスだった麻希さんや奈須華さん、そして水斗から預けられた東頭さんと一緒に、水槽の左側の通路に入っていく暁月さんの姿を。

「行こう」

水斗と一緒にスロープを下り、巨大水槽が目の前に広がる一階部分に降りると、人混みの間を通り抜けて、左奥の通路に進んだ。

『ジンベエ・マンタコーナー』と書かれた部屋が突き当たりの角に現れる。その前を通って右に曲がると、頭上が不意に明るくなった。

見上げると、海の世界が広がっていた。

半扇状に湾曲した天井が透明になっていて、巨大水槽を下から見せているのだ。あたかも海底に立っているような非日常的な気分と、今にもアクリルパネルが割れて海に飲み込まれてしまうんじゃないかという恐ろしさとが共存して、ただただ口を開けてしまった。

透明な天井の下には階段状になったベンチがあって、そこにお客さんが何人も座り、私と同じように海の世界を見上げていた。『アクアルーム』という部屋らしい――暁月さんしていた。

たちはベンチの前の、アクリルの壁のそばに立って、歓声とも悲鳴ともつかない声を漏らしていた。

「あ、伊理戸さんじゃん！　おいっすー」

私たちが話しかける前に、ショートカットで背の高い麻希さんが私に気付いて手を振る。

続いて他の三人も私たちに気付くと、軽く手を上げたりして挨拶してくる。ただ一人、東頭さんだけが、頭上に広がる海の世界にあからさまにビビってプルプルと震えていた。

私たちがベンチの間の階段を降りて近づいていくと、水斗の姿が東頭さんの目に入る。

途端、彼女がそそくさと巣穴に逃げ込む小動物のような動きで駆け寄ってきた。

「ちょっと、水斗君！」

水斗に身体を寄せて、潜めた声で抗議を始める。

「なんて集団に放り込んでくれたんですか！　ここまでの間、水斗君とのことをずっとからかわれて大変でしたよ！」

「無視されるよりはいいじゃないか。君も少しは女子同士のコミュニケーションに慣れろ」

「無理ですよ！　魂がオタクの童貞なんですから！　キョドることしかできません！」

「その自信をもう少し他のところで使えたらいいのにな……」

相変わらずの東頭さんに私が苦笑していると、麻希さんが「おっとっと～！」と割り込んできて、東頭さんを後ろから抱きしめた。

「わたしの目の黒いうちは、彼氏とイチャイチャ水族館デートなんてさせんぞ～？」

「わきゃあ!?　そ、そういうのでは……！」

「ホント抱き心地いい身体してんなお前は！　夜はこれで彼氏を獣にしてんのか？　おおん？」

悲鳴を上げる東頭さんをぬいぐるみのように抱き続ける麻希さん。

私が告白を断るときに彼氏がいると言い始めてしまったので、一年のときによく一緒にいた四人の中でついに麻希さんだけが相手がいない状態になってしまい、最近はああしてひがみキャラになっているのだ。ちなみに暁月さんも彼氏はいないけど、男の幼馴染みがいるような奴は仲間ではないらしい。

「まあまあ」

と、ボブカットで柔らかな雰囲気の奈須華さんがやんわりと麻希さんをなだめる。

「他人の恋路を邪魔しても自分が幸せになれるわけやないで？」

「笑顔でなんてこと言うんだお前は！　殺す気か！」

話し方に反して思いっきり刺してきた奈須華さんに慄いて、麻希さんは東頭さんを解放する。

その隙に、だった。

水斗が暁月さんに近づいて、こう言ったのだ。

「南さん。トイレの場所を教えてくれないか？」

それは奇妙な質問だった。

どうせ訊くなら一番仲のいい東頭さんに訊けばいいのに――水斗はわざわざ暁月さんを選んで、そんななんでもない質問をしたのだ。

暁月さんもその質問に、何かただならぬものを感じたようだった。

彼女は意味深に微笑んでこう答える。

「トイレならちょっと戻ったところにあったよ。連れてってあげよっか？」

「頼む」

暁月さんは麻希さんたちのほうに「ごめーん！　ちょっとトイレ行ってくるから、みんなは先行っててー！」と言うと、水斗と一緒に通路を戻り始める。私もさりげなくそれについていった。

『ジンベエ・マンタコーナー』の前をまっすぐ通り過ぎ、細い通路の奥にあるトイレの前まで来ると、暁月さんは青い壁に背中をつけて、ポニーテールを軽く揺らしながら水斗のほうを見た。

「それで？　何の話？」

暁月さんは手早く本題に入る。まるで今日ここで水斗に話しかけられることをわかっていたかのようだった。

「もちろん、こう質問しに来たんだ」

水斗もまた、躊躇（ちゅうちょ）することなく暁月さんに踏み込んだ。

「一日目の夕食の直後、どこで何をしてた？」

夕食の直後……？　そんな時間に何かあったっけ？

困惑する私をよそに、暁月さんは背中の後ろで手を組んで意味深に笑った。

「そんな風に訊くってことは、何か見たんだ？　その時間に」

「別に。決定的な瞬間を見たわけじゃない。僕が見たのは、明日葉院が吉野たち三人に絡まれているところだ——僕に馴（な）れ馴（な）れしく近づくな、ってさ」

「明日葉院さんが？」

驚くけど、想像はつく。いかにもそういうことをしそうな三人だ——水斗と東頭さんの仲を普段から冷やかしている面子（メンツ）でもあるし、正義感、もしくは自治意識から水斗に告白していた明日葉院さんを注意していてもおかしくない。

私は見てなかったけど、どこかでモーションをかけているのを見たのだろうか……。明日葉院さんが男子に言い寄っている場面なんて想像もつかないけど。

「会話の内容はどうでもよかった。僕も特に割って入ったりはしなかったしな。ただ一つ確実に言えることは、その時間、吉野たち三人は部屋にいなかったということだ」

「部屋にいなかった……──あっ！」

　私は小さく声を上げて、思いついたことを口にした。

「もしかしてその時間にしおりが盗まれたってこと？」

「夕食が終わった後は消灯時間まで何の予定もなかった。そうなると吉野たちが都合よく自分たちから部屋を空けてくれるのを待つしかない。それを避けるには、夕食直後のそのタイミングを狙うしかなかったはずだ」

　確かに消灯時間まで何の予定もない以上、吉野さんたちが確実に部屋からいなくなる時間を予測することはできない……。それだったら、夕食が終わった直後に誰かが時間稼ぎをしておけば……。

「明日葉院さんもしおり泥棒の共犯って言ってたわよね……。それって、そういう……」

　暁月さんは困った顔で小さく首を傾げる。

「うーん……なんだかよくわかんないけど、盛り上がってるみたいだし、犯人っぽいこと言っておいてあげるよ。今のって、誰かが吉野さんたちの留守中に部屋の中に忍び込んで、しおりを盗み出したって話だよね？　それって無理くない？　客室には鍵がかかるんだからさ」

「鍵を持ってる人間にやってもらえばいいだけだ。あの部屋に泊まっているのは、吉野たちのグループ三人と、余って班に入れられることになった女子一人――恰好（かっこう）のスパイがいるじゃないか」

そっか……。何も外から部屋に忍び込む必要はない。実はしおり泥棒側の勢力だったスパイが、吉野さんたちよりも早く部屋に戻り、荷物の中のしおりをこっそりすり替えるだけ……。盗んだ吉野さんたちのしおりは見つからないように隠しておく。それだけでいいんだ。

「4人全員のしおりがすり替えられていたのは、一人だけ難を逃れていたら疑われることは必至だからだ。もしかすると暗号のやり取りにも協力していたかもな」

まさにスパイだ。そんなことが得意そうな子には見えなかったけど、人には意外な特技というものがあるからなぁ。

「なるほどねー。じゃあそれはいいや。次の質問――そもそもさ、なんであたしに言うわけ？　さっきの話が正しいとすると、しおり泥棒に関わってるのが確実なのは明日葉院さんだけで、あたしは関係ないと思うんだけど」

「君も犯人の一味の一人なのは間違いないからだ」

「なんで？」

「計算上そうなる」

「計算って何さ。１＋１はなーんだ？　あたしでしたー、ってこと？」

「そうだよ」

予想外の肯定に、「えっ？」と私は水斗の顔を見つめた。

「しおりを盗まれたのは吉野たちの班４人、別の班の女子３人、合計で７人の女子。彼女たち全員がしおりを別のしおりにすり替えられている——ただし１枚だけはスパイの分で、すり替えて回収したそれをそのまま別のすり替えで再利用できるから、犯人側には最低で６枚、すり替える用のしおりが必要になる」

「えっと……吉野さんたちで４枚使って……１枚回収して……回収した分も含めて３枚使って……６枚」

指折り数える私に肯(うなず)いて、水斗は続ける。

「つまり、犯人はスパイを除いて６人いる。そして被害者はさっきも言った通り、スパイを含めて７人。さらに、この事件には女子しか関わってなくて、しおりにはクラスが印刷されていて、しおりは人数分しか刷られていない」

「つまり私たちのクラスの女子にしか――ああ……」

言いながら納得してしまった。

確かに、計算上、そうなっている。

だって――

「私たちのクラスは、女子が15人……」

「合計13枚のしおり――つまり合計で13人の被害者と加害者。ウチのクラスの女子でこの件に関わっていないのは、たった二人しかいないんだ」

15引く13で……2。

被害者の内訳が確定している以上、事件に関係していないその二人が誰なのかわかってしまえば、自然と犯人側の参加者も確定する。

しかも二人のうち一人は簡単だ。

「結女は自分からしおりの盗難について調べようとした。犯人側だったらほぼありえない行動だろう。まあそうじゃなくても態度から無関係だろうと簡単に察しが付く」

「以心伝心なんだ？　アツアツだね～」

暁月さんはちょっとダサい冷やかし方をした。

もちろん私自身は私が無関係であることを知っている――水斗は私を信用してくれたの

だろう。まあ嘘つくのって得意なほうじゃないし。

「となると残りは一人――」

暁月さんの冷やかしを無視して、水斗は言う。

「――これも心当たりはあった。だから簡単な方法で確認させてもらった」

「簡単な方法って？」

暁月さんが尋ねると、水斗は落ち着いた顔で答えた。

「犯人側の人間は自分のしおりをすり替えに使ってしまった以上、盗んだ吉野たちのしおりを使っていることになる――暗号通信でいろいろと書き込みがされたしおりをな。シャーペンであれ何であれ、書き込みを消せば何かしらの痕跡が残る。今使っているしおりを見せてくれ、と言えば、その痕跡のあるなしで犯人側かどうかはすぐに判別できる」

私はそこで思い出した。この水族館に来るまでの間、水斗がしていたことを――

「いさなに言ったらすぐ見せてくれたよ。まっさらな何の痕跡もないしおりをな」

――……うん。綺麗に使ってるな
今から考えてみるとちょっと違和感があった。水斗は自分の部屋を乱雑に積んだ本だらけにする程度には大雑把な性格で、綺麗好きでもなければ几帳面でもない。修学旅行のしおりが綺麗だったくらいで素直に褒めてくれるようなキャラじゃないはずだった。

「そのときに確認したんだ……。東頭さんがしおりの件に関わってないってことを」

「そうだ。これで無関係な二人が確定した。自然、しおり泥棒の一党も確定する——その中には明日葉院もいるし、南さん、君も含まれている」

7人の犯人の中から暁月さんを選んで呼び出したのは、もちろん比較的親交が深いからでもあるだろうし、私の評判を守るためにしおりをすり替えるなんてことをするのは彼女くらいだからだろう。去年一年間で私もなんとなく感じている。暁月さんは私が関わることになると、ちょっと過激になる傾向にあるのだ。

証拠はないけど、ほぼほぼ間違いなく、今回のことは彼女が主犯だろうと想像がついた。それを肯定するように、暁月さん自身、特別反論するでもなく、ただただ微笑んで水斗の話を聞いていた。

「目ざとくなったなあ、伊理戸くん——降参だよ。降参降参。結女ちゃんにはバレずにいたかったのにさ。そこまではっきりさせられたら言い訳もできないって」

「暁月さん……もしかして今まで、こうやって私を守ってくれてたの？」

二年生になってすぐの頃を思い出す……。『告白の断り方ってわかる？』。そんな質問をされてから、急に告白をされるようになった。きっと今までは暁月さんが水面下でセーブしてくれていたんだろうと思ってたけど……。

暁月さんはバツが悪そうに頰をかきながら、

「こんな風に直接的に動くことはほとんどないけどね……。LINEとかで牽制したり、そこはかとなく諦めるように仕向けたり、普段はそんな感じだよ。あ、ちなみに川波も共犯ね。今回のしおりの件には関わってないけど、いつもはあいつも結女ちゃんや伊理戸くんにちょっかいかけようとするやつ潰してたから」

「なんとなく察しはついてたよ。潰してたって言い方はあいつの名誉に関わるが」

肩をすくめる水斗。そんな川波くんだからこそ、あんなに驚いたんだろうなぁ……東頭さんが水斗のそばに現れたときは。

「もう必要ないかなーとは思ってたんだけどね。せっかくの修学旅行だし、二人にも少しは恋人として楽しんでもらいたいじゃん。だからちょっとした露払いだよ、露払い」

「丸くなったもんだな、君も」

「伊理戸くんはずっと勘違いしてるけどさぁ、あたしは一年前から丸くなってたんだよ。実際やらかしたのは一回だけでしょ？」

「一回やらかしてたら充分だけどな……」

なにやら私の知らない話がされているように思えるけど、それよりも今の私には気になることがあった。

「明日葉院さんは、吉野さんたちに絡まれることで足止めしてたよね……。じゃあ、もしかして、そのためだったの？　――明日葉院さんが水斗に告白したのは」

水斗に近づけば、吉野さんたちの自治意識を利用して引きつけておくことができる……。そしてそれを水斗に悟られないようにするには、事前に告白しておけばいい。

もしかして……たった、それだけのために？

「あー、待った待った！　誤解しないで結女ちゃん！」

暁月さんは慌てて弁解する。

「それ言い出したのあたしじゃないから！　こんなことのために他人に嘘告白なんてさせないって！」

自分がするならともかくね、と暁月さんは言った。まるでやったことがあるような口ぶりだ。

「それね、明日葉院さんが言い出したんだよ。あたしとしてはしおりを貸してくれるだけでよかったんだけど――その話を持ちかけたら、だったらこうしたらどうですか、ってさ」

「明日葉院さんが自分で……？」

暁月さんは細い腕を組んで、うーんと首をひねる。

「そんなことまでしなくていいよって言ったんだけどね――こうしたほうが確実だからっ

て聞かなくて。もしかして意外にも伊理戸くんのことが好きだったのかなって思ってそっとしておいたんだけど……昨夜の様子だとむしろ……」

暁月さんはちらりと私のほうを見た。い、いや、明日葉院さんの気持ちはそういうのではないと思うけど……そうよね？

水斗も腕を組んで暁月さんに言う。

「じゃあ二日目から明日葉院の様子が妙だった件についても何も知らないんだな？」

「知らない知らない！　あたしもそれとなく訊いてみたんだけど、何にも話してくんなかったよ……。やっぱり嘘告白なんて止めたほうが良かったのかなー……」

「さあな。それは明日葉院にしかわからないよ――今のところは」

しょんぼりした暁月さんに、水斗は淡白な調子で言う。

少しずつ、わかってきた……。ここのところの明日葉院さんを取り巻く状況が……。だけど一方で、この修学旅行が始まってからの彼女のことは、まだ杳として知れない。

「そろそろ本丸に挑む頃だな」

「本丸……」

その示すところは、私にもわかる。

明日葉院さんは、私たちや暁月さんたちよりも早く、この水族館に入っていった。

水斗は私の顔をまっすぐに見つめる。その瞳は優しく、力強く、すぐにも頼ってしまいそうで、でも次に放たれた言葉は、私を甘やかすものではなかった。

「ここから先は、君が自分でやるべきだ」

「え……？」

戸惑う私に、水斗は子供に言い含めるように続ける。

「このまま僕が全部解き明かしたって意味がない――彼女が求めているのは、僕じゃないんだから」

――どうしてこんなに、あなたのことばかり考えないといけないんですか？

――わたしのことなんか……どうせわからないでしょう？

突き放されたのは、私だ……。

近づきたいと思ったのは、私だ。

わかりたいと思ったのは――私だ。

「……わかった」

不安だけど。

心細いけど。

もう充分、力は貸してもらった。

だったらここからは、私が頑張らなきゃいけないんだ。

私が明日葉院さんを、解き明かす。

どうせわからないなんて……もう二度と、言わせないように。


伊理戸結女◆たった一つの武器、たった一つの関係

アクアルームを通り過ぎると、照明が途端に絞られて、周囲のお客さんも影法師になった。

闇の中、巨大なダイオウイカの標本がライトアップされて、私を出迎える……。光に照らされた白い肌や細長い触腕は、生き物というよりはモンスターといったほうがふさわしい。

ここから先は、深海エリア。

真っ暗な闇の中に、紺色にぼんやりと光る個水槽と、解説パネルの人工的な光が、等間隔に並んでいる……。

周りに人がいっぱいいるから、お化け屋敷みたいに怖いとは思わなかった。だけど、家族連れや恋人連れの中、映画館のように照明を絞られた道を一人、進んでいくのは、まる

で人の営みから遠ざかっていくような……海面の光がどんどん見えなくなっていくような……まさに深海に潜っていくような心地だった。

私は闇の中を進みながら、過去のことを思い出す。

以前……明日葉院さんに『どうしてそこまでして私に勝ちたいの？』と訊いたとき、彼女は確か、こう答えていた。

――それしかないからです

勉強だけが、周りと戦う唯一の方法だったのだと――そうすることでしか、馬鹿にする相手を見返すことができなかったのだと。

――そんなわたしの前に――あなたが現れたんですよ、伊理戸さん

あのとき、私に向けられた瞳の迫力を、いつから忘れていたんだろう……。

彼女はずっとあの瞳で私を見ていた。たった一つの武器を自分から取り上げた、不倶戴天(ふぐたいてん)の敵にして、生涯最大のライバルを。

一方で、私や亜霜(あそう)先輩が恋愛話をしているときの、反応の淡白さを思い出す。そのたびに、彼女は思っていたのだろうか。自分はああはなれないと。そんな普通の女子みたいな話ができるなら、勉強なんかで自分を保つ必要はないのだからと。

私はいつから――こっち側になったの？

私もかつては、明日葉院さんと同じだった。拠り所は真面目なことくらいで。明日葉院さんみたいに、得意な数学のテストで負けて意地になったこともあった。でもいつしか、大事なものが増えていって、たった一つの何かに頼る必要がなくなって。

偉くなったもんだな、という水斗の冗談を思い出す。

本当に……偉くなったものだ。自分自身で摑んだものなんてほとんどありはしないのに。水斗に出会ったおかげで手に入ったものばかりなのに。いつの間にか、持たざる者の――いや、それしかない者の気持ちがわからなくなっていた。

私はただの、空っぽな高校デビューだ。

成長したとは言うけれど。かつての自分のことを理解できなくなるのが、果たして成長なのだろうか……？　それはただ、自分という人間から逃げただけなのではないだろうか……？　私は結局人見知りで、根暗で、視野が狭い。それを忘れたふりをして生きていくことを成長と呼ぶのなら、それはあまりにも悲しいことだと思う。

成長すればするほどに、わからないことが増えていくことになるのだから……。

水斗や東頭さんが、友達の少なさを何とかしようとしない理由がわかる気がする。彼らは今の自分を大切にしているのだ。今の自分をきっちり肯定し、生きていくことが、一番の幸福だと思っているのだ。

だから理解されることを強いて求めない。それはついでに得られればラッキーで、もしそんな人に出会えたら大事にすればいい。それだけのことだと割り切っているのだ。

じゃあ、明日葉院さんは……？

かつての私は欲しかった。自分を理解してくれる人が欲しかった。それは友達でも、恋人でもよかった。自分は一人じゃないって証明が欲しかった。

だったら、明日葉院さんは――

個水槽の間に伸びる闇を進んでいくと、右手に道が現れた。その道の先は左に向かって湾曲した壁になっていて、その壁に四角い窓のような小さな水槽が、互い違いの上下二段に並べて埋め込まれていた。天井近くでぼんやりと青く光る案内板には『深海の小さな生き物』と書かれている。

個水槽エリアに溜（た）まっているのか、ここは人が少し少なかった。湾曲した壁のミニ水槽を見ている四～五人のお客さんの後ろを通り過ぎると、黒板を二つ並べたような大きさの水槽が右手の壁に現れる。

その前に――一人の少女が佇（たたず）んでいた。

うっすらとした青い照明に照らされた深海の世界――目がぎょろぎょろとした魚が泳ぐのを、彼女はぼうっと眺めている。

その横顔は、ぞっとするくらいに綺麗だった。元々綺麗な顔立ちだけど、通路の闇と水槽の光に染められて、まるで有名な芸術家が彫った彫刻みたいに、超然とした美しさが宿っていた。

感情が抜ければ抜けるほど綺麗に見える――あまりにも皮肉な、人の美的感覚。

ああ、と私は今更のように気がついた。

私は、たぶん……明日葉院さんの笑顔を、見たことがない。

「――明日葉院さん」

私が決然と声をかけると、明日葉院さんは緩慢に首をひねり、こちらを見る。

「もしよかったら、一緒に回ろ？」

明日葉院さんは冷たい無表情のまま、ロボットのように答えた。

「もうおしまいですよ――ここを通り過ぎたら、すぐに出口です」

「だったら、外のビーチでもいい。一階にはお土産が売ってるみたいだし、そっちでもいい」

「またそうやって強引に連れ回せば、わたしがほだされるとでも？」

明日葉院さんは私から水槽へと視線を戻す。

「可哀想なこの子を助けてあげよう、とでも言うように……その傲慢な態度をいつまで続けるつもりですか？」

「……そうだね。傲慢かも」

ストレートに投げつけられた言葉のナイフを、私は甘んじて受けた。

きっとこういう殊勝な態度ですら、今の明日葉院さんには気に食わないだろう。そのくらいはわかっていた。そして——

不意に、理解する。

水斗みたいに論理立てた思考じゃない。私が得意な数学とは真逆の、なんとなくの直感で、私はずっとわからなかったことを理解する。

「——明日葉院さんは、私が何をするまでもなく、ずっと頑張って、私を理解しようとしてくれてたのにね」

明日葉院さんの目がちらりと、私を一瞥した。

「水斗を告白相手に選んだのは、選択肢がそれしかなかったからでしょ？」

明日葉院さんは答えない。

「明日葉院さんが関わりのある男子は、去年、一緒に神戸旅行に行った面子ぐらい。生徒会の関係者は当たり障りがあるし、川波くんはいかにも明日葉院さんが嫌いそうなタイプ……自然と残るのは水斗しかいない。告白されたのを自慢したり、徒に吹聴したりするタイプでもないしね」

　明日葉院さんは答えない。

「明日葉院さんはただ、告白がしたかっただけ……。それによって自分に起きる変化を知りたかっただけ。その実験に、一番都合が良かったのが水斗だった。あなたにとって――最も恋をさせてくれる可能性が高かったのが、水斗だった」

　明日葉院さんは答えない。

　だけど私は答えを告げる。


「恋を、勉強しようとしてくれたんだね。……私のために」


　明日葉院さんは――何を答えるでもなく、ただバツが悪そうに目をそらした。

　せっかくテストで勝っても、私が恋愛に夢中で、悔しがってくれないから……だったら自分が変わるしかないと、明日葉院さんは一念発起してくれたんだ。

　私の言うことがわかるように。私が楽しめる話ができるように。

　たった一つの武器を使って。

　恋愛がどんなに素晴らしいかを……知ろうとしてくれた。

「その結果は私には知るよしがないけど、きっと水斗は、明日葉院さんの意図を完璧には悟らずとも、受け入れてはくれたと思う……。あいつも、ちょっと、明日葉院さんに似たところがあるから」

何事も他人事のようで、刺激に対する反応が薄いところとか。

そのくせ熱中するものができると、周りのことが見えなくなるところとか。

ちょっと羨ましいくらい……明日葉院さんには、水斗に近しいものを感じる。

「だけど、一日目の終わり頃に何かがあって……その実験を、あなたはやめてしまった。無駄だと悟ったのか……あるいは、急に自分のことが嫌になったのか」

わからないけど、たぶん後者だろうと思う。

明日葉院さんなら、自分に厳しい彼女なら、自分がしていることを振り返って、ふと嫌になることが……あるんじゃないだろうか。

「そうして、私や水斗から距離を取ったところで、何もわかってない私が追いかけてきた……。いったんは何も気付かないふりをしてこれまで通りに戻ろうとしたけど、私が何もわかってないのを痛感して、無理をする必要もないと思い直した……。どうかな？　違うなら違うって……言ってほしい」

小説の名探偵だって、犯人の心の中を細かく言い当てたりはそうそうできない。

だったら私ごときの想像力じゃ、せいぜいわかった気になるのが精一杯。

怒られると思った。

全然何にもわかってないって……怒らせると思った。

それでも、進んでいるような気がしたのだ。わかっていないことをわかっていなかった今までより、わかっていないことをわかった上で、わかった気になる……。それで明日葉院さんの本音を聞けるなら、それは大進歩だと思った。

でも、明日葉院さんは――

「違います」

怒るでもなく。

深海のように静かに、ただ沈むように、そう答えた。

「わたしはただ、絶望したんです……。寂しくなって、悲しくなって、欲しいものを買ってもらえない子供みたいに……怒ることしかできなくなったんです。無理をする必要もないと諦めたんじゃありません……。むしろわたしは……諦めることを諦めたんだと、思います」

諦めることを、諦める……。

寂しさや悲しさを、もういいやと捨て去るのではなく、重りのように引きずって……。

「そっか」

私は少し迷って、それでも言った。

「それは、辛いね」

「軽い言葉ですね」

明日葉院さんの顔がこっちを向く。

私は少し笑って肯いた。

「それでも、言わないよりはマシなの。心を伝えるには言葉はあまりに不便だけど……それでも言葉を使うことしか、私たちにはできないから」

感じることができなければ、語るしかない。

情緒的な行間が少しもない、直接的で野暮で軽々しい言葉だって——何も伝わらないよりは、ずっとマシだから。

「……なるほど……」

明日葉院さんは水槽の上方から薄く射す、階のような光を見上げた。

「重い言葉を使いこなせるほど……あなたは、口上手じゃありませんね」

「これでも上手くなったんだけど？　中学の頃に比べたら！」

私が冗談めかして言うと、明日葉院さんは私の瞳を見つめ返して——

ほのかに。

ほんの少しだけど……口の端っこを上げてくれた。

「想像つきます。なんとなく」

それが私が見た初めての、明日葉院さんの心からの笑みだった。


周りに人が多くなってきたので、私と明日葉院さんは水族館を出る。

出口から道なりに歩いていくと、入り口からも少し見えたビーチに繋（つな）がっていた。広大な白い砂浜で、たくさんの人々が泳いだり砂を掘ったりして遊んでいる。ビーチだからって全員が水着なわけじゃなくて、半分近くは普通の洋服のように見えた。そういえば沖縄の人は泳ぐときに水着を着ないって動画か何かで見たことがあるような気がする。

私と明日葉院さんは、白い砂をサクサクと踏んで浜辺に入ると、エメラルドグリーンの海を見渡した。

「意外と……人が少ないですね」

明日葉院さんが言う。

確かに、シーズン中の海水浴場に比べればだいぶ少ないかもしれない。美ら海水族館の中のほうが多く感じたほどだ。

「明日葉院さんって、来たことあるの？　海」

「家族旅行をする家ではなかったので……。学校の校外学習、くらいですね」

「言われてみれば、私も同じような感じかもなぁ……」

お父さん（生みのほう）は言わずもがな、お母さんと二人になってからも、旅行に行った記憶は全然ない。お母さんが忙しかったから仕方がないけど。

「それじゃあ……」

私は明日葉院さんの顔を覗き込んで言う。

「入ってみる？」

「え？　……海に、ですか？」

「そう」

明日葉院さんは自分の格好を見下ろす。腰紐で絞った白いチュニックとアンクル丈のスキニーパンツを合わせた、いかにも夏という感じの装いだ。

「水着は持ってきてませんが……」

「裸足になれば大丈夫だよ」

そう言って、私はサンダルを片方脱ぐと、裸足を砂浜につける。

「あちっ！」

当然、すぐに足の裏が熱くなって、私はまだサンダルを履いているほうの足でケンケン状態になった。

明日葉院さんの顔を見て、へへっと無様な誤魔化し笑いをする。

「波打ち際だったらきっと冷たくて大丈夫だから。ね？」

「……そうですね」

どこか呆れたようにそう言ってから、明日葉院さんは広い海を見やる。

私はサンダルを履き直し、明日葉院さんと並んで波打ち際まで行くと、今度こそ脱いだサンダルを両手に持って、裸足で砂に立った。

「たまには、悪くないかもしれません」

ひんやりと濡れた砂の感触。いつもは靴や靴下で覆われている足が、慣れない自然の感触に占められている解放感。

続いて明日葉院さんも靴を脱いだ。靴下を丸めて靴の中に入れて手に持ち、恐る恐る足元を見下ろしながら、裸足で確かめるように何度か砂を踏む。

その直後、波が砂の上を流れてきた。

私たちの足を海水が撫でていき、瞬間、

「冷たっ」

明日葉院さんが小さく叫んで、軽く跳ねながら私の肩を摑んだ。

「大丈夫？」

そう尋ねると、明日葉院さんはハッと私の顔を見返して、それから恥じるように俯く。

こんな素の反応を見たのも、もしかしたら初めてかもしれない。

あんなに生徒会室で一緒に過ごしたのに、こんなにたくさん初めての顔があったんだ――私はなんだか、感慨深くなってしまった。

そうして何度か、寄せては返す波と戯れた後に、明日葉院さんはぽつりと言った。

「……見てしまったんです」

「え？」

小さな声に顔を上げると、明日葉院さんは波を見下ろしたままに答える。

「一日目の夜に――ホテルのプールで。わたしは……植え込みに隠れていたんです。あなたが知りたがっていた、21時頃の話ではありませんが」

水斗は言っていた。明日葉院さんは私たちの密会を覗いた犯人ではないけれど、太ももに傷がついていたのは事実だと。

今になって、明日葉院さんは答えようとしてくれているのか。昨夜の私の質問に――そして、本気で明日葉院さんのことを考えた私自身に。

私は頭の中で情報を整理しながら、

「それって、21時よりも後――は、ありえないか」

私と水斗が植え込みの枝についた血痕を確認しているわけだから、明日葉院さんが隠れていたのはそれより前のはずだ。

「21時よりも前、のことよね」

「はい。20時半くらいだったと思います……。人気のない場所を求めてプールのある階を歩いていたら、プールに入っていくある人たちを見て、どうしても気になってしまって――追いかけたんです」

「……それから？」

「最初は、声が聞こえました……。『できれば同じ班になりたかった』――そんな話だったと思います。それがいつもと違う感じの声音だったので、わたしは咄嗟に入り口のそばにあった植え込みに隠れて……そうしたら……」

「そうしたら……？」

「……告白を、見てしまいました」

告白？

「それって……付き合ってください、の告白？」

「その類と考えてよかったと思います……。わたしはそれを見て……恐ろしくなってしまいました」

「恐ろしい？」

「人の人に対する執着とは、こんなにも浅ましいものなのかと――わたしの中にも、こんなものが巣食ってしまっているのかと」

浅ましい……。否定はできない。私も水斗と付き合うために、たくさん浅ましいことをした気がする。

でも、愛の告白を見てそんな感想を抱くなんて……。

「なんだか……上手くいかなかったみたいね、その告白」

「そうですね……。断られていました。それで、断られたほうが少し頭に血が上ってしまって――今思えば、あの方ならばすぐに冷静さを取り戻したかもしれません。ですがわたしは……否定したくて。わたしはこんな人間ではないと、誰かに示したくて……咄嗟に植え込みから飛び出して……」

ざざあ、と波が静かに私たちの足を洗った。

「その二人を……プールに、突き落としてしまいました」

告白ならぬ懺悔。

怪我がなかったのなら、そこまで気にすることじゃない。だけど明日葉院さんにとっては、重要な出来事だったのだろう——あるいは、人生で初めて他人に振るった暴力だったのかもしれない。

亜霜先輩にどんなに鬱陶しく抱きつかれても、明日葉院さんは一度も、無理やり振り払ったりしていなかったから。

「明日葉院さんは、その人を——迫られていた人を、助けようとしたんでしょ？」

気休めかもしれないけれど、私は率直な意見を明日葉院さんの顔を見つめて伝える。

「言ってたじゃない。紅会長に、しつこいナンパから助けてもらって憧れたって。それと同じことをしたんだよ」

「そう……ですね。そうとも言えるかもしれません」

「その後はどうしたの？」

「片方はすぐにプールを後にされました……。もう片方は、わたしが部屋から服を取ってきて、それに着替えてもらい、解散しました。着替え中も、一言も喋らず……更衣室に他の人が来ることもなく……終始気まずい雰囲気で……もう少しやりようはなかったのかと、どうしても思ってしまうのです」

「そっか……」

私も未だに、夜寝る前にその日にした会話を思い出して、もっと上手く話せなかったのかと反省することがある。これをしない人間がいるということを、私はまだいまいち信じきれていない。その点、明日葉院さんとはわかり合えそうだった。

「ちなみに……さっき『あの方』って言ったよね。その二人は、明日葉院さんが知ってる人だったってこと？」

「……はい」

「具体的に誰だったかっていうのは……」

「申し訳ありませんが、そこまでは話せません」

私の知る明日葉院さんの、きっぱりとした態度で、彼女は言った。

「あの方々の名誉に関わることだと思いますので……わたしの口から吹聴するようなことはできません」

「そっか。……うん、それでいいと思う」

「……そうですか？　一般的には、こういう噂話が好まれるのでは？」

「一般なんて関係ないよ。明日葉院さんとしては、それで正しいってこと——そっちのほうが大事だってこと」

私も長らく、『普通はこうだ』という呪縛に囚われていたような気もするけれど。

今は素直にこう思える。一般とか普通とか常識とか、そんなのはその人の個性に比べたらどうだっていいんだって。

「一般的にとかじゃなく、明日葉院さんがしたいと思うことがあるんだったら、遠慮なく言ってね？　テストで負けたらなんかしろーとか、できる範囲でなら何でもいいから。今まで仲間はずれにしちゃってたお詫び」

「別にそんな……」

「そうしないと私が納得できないの。……あのね、明日葉院さん」

私は明日葉院さんと正面から向き合い、その小さな手を両手で捕まえた。

「学年末テストで負けたとき、確かに私、悔しいと思ってなかった。……それよりもね、嬉しくなっちゃってたの」

「……嬉しく……？」

「だって、明日葉院さんが頑張ってたの、ずっと見てたから。いつ見ても教科書やノートを開いてて……私なんかよりずっと頑張ってるって、認めざるを得なかったから。あそこまでやられたら、悔しさなんて湧いてこなかった。頑張ったのが報われてよかったって、そっちのほうが先に来ちゃったの」

まあ恋愛にかまけてたのもあるんだけどね、と私は苦笑いをする。

「だから、お詫び。勝手にライバルじゃなくなって……ごめんなさい」

私は、明日葉院さんのことをライバルとして見ることができなかった。

頑張っている友達としてしか見れなかったのだ。

それは、明日葉院さんが求めている私ではなかった。だけど、求められた私を用意したって、きっと明日葉院さんは満たされない。

だから、謝るしかない。

お友達になってくださいと——誠心誠意。

「……だったら……」

俯きがちなまま漏れた小さな言葉に、私は耳を傾けた。

「……ついても……ですか」

「えっと、何？」

「あなたが、南さんとか……それに、他の女子たちもやっているみたいに……その……」

口の中で言葉を練るようにもごもごと、明日葉院さんは、頰(ほお)を華やかな朱に染めながらこう言った。

「抱きついても……いいですか？」

……ああ、なるほど。

私は微笑んで、両腕を広げる。

「もちろん。どうぞ？」

明日葉院さんはうろたえたように右を見て、左を見て、それからもう一度右を見て、意味もなく足元の砂浜を見下ろした後、こっそりと一度深呼吸を挟んでから、もう一度私の顔を見つめた。

そして言う。

「――えいっ」

掛け声は可愛かった。

全身で受け止めた衝撃も、可愛かった。

明日葉院さんの小柄な身体を胸に受け入れ、その背中を抱きしめる。

柔らかくて、温かくて、可愛らしい。

これが明日葉院蘭という女の子だった。

耳元で、明日葉院さんが言う。

「あの……伊理戸さん」

「うん」

「わたし……全然上手く、できませんけど」

「うん」

「空気が読めないことを、言うかもしれませんけど」

「うん」

「恋の話も……できませんけど」

「うん」

「これから……仲良くして、くれますか？」

「うん」

迷いなく肯いて、私は答えた。

「こちらこそ、よろしくね」


伊理戸水斗◆めでたしめでたし（女子たちにとっては）

三日目午後は、一日目と同じ本島南部エリアに戻ってきて班別行動。

どこに行くかは班ごとに自由に決められるのだが、多くの班は那覇市で最大の繁華街らしい国際通りを行き先に選んでいて、僕たちの班も例外ではなかった。

繁華街といっても東京のような大規模なそれではなくて、まっすぐに続く二車線の道路の周りに、チェーン店やアンテナショップやお土産物屋がごちゃごちゃと並んでいる場所だった。京都で言うと、寺町京極のような雰囲気が近いかもしれない――ここには頭上を覆うアーケードはなく、一足早い夏空が広がっているし、道ももっと広いが。

街路樹がヤシの木になっているところが、一番沖縄らしいポイントだった――そう考えてしまうのは、僕が普段、街というものに興味を抱いていないせいかもしれない。

まずは腹ごしらえだというわけで、事前学習で（主に川波と南さんが）目をつけていたカフェに入る。

メニューを開くと、山盛りの生クリームにこれまた山盛りのフルーツを乗せた、クレープのようなものの写真が目に入った。欲望と胸焼けのシーソーゲームを楽しむためにあるかのようなスイーツだ。

「おごごごご……カロリー……カロリーが……」

メニューの写真を見ながら、いさなが謎の譫言を繰り返す。

そんないさなの背中を優しく叩きながら、詐欺師のような口調で南さんが言う。

「いいんだよ……。今日はいいの。一日くらいでお腹が出たりしないって……」

「そ……そうですよね……。一日くらいで……」

「あんなにダイエット頑張ったんだからさ……。ちょっとくらい自分にご褒美あげなきゃ……」

「そうですよね……。ご褒美ですよね……！」

僕は今まさに、リバウンドしようとしている人間を目撃している。

今日はチートデイということで見逃してやるが、帰ったらきっちり運動させてやらないとな。僕の目が黒いうちは不健康になどならせん。

他方では、結女と明日葉院が一緒にメニューを覗(のぞ)き込んでいた。

「私はこの、いろいろ乗ってるやつにしようかな。明日葉院さんは？」

「わたしは……えっと……」

いかにもこういう場所に不慣れな様子で注文を考える明日葉院を、結女は微笑ましそうな顔をして見守っている。僕なんかよりよっぽどきょうだいに見えるな。

明日葉院はもうすっかり結女に懐いていて、そばを離れようとしなかった。僕に対するいさなみたいにベタベタくっついたりはしないが、結女が僕や南さんと話している間も隣から動こうとはせず、ずっと無表情のままそこにいて、結女が話しかけたときだけちょっとだけ表情が柔らかくなる。結女もそんな明日葉院の様子が嬉しいようだった。

山盛りの生クリームやフルーツと格闘し終えると、僕たちはカフェを出て、歩道を歩いていく。

　軒を連ねる店を眺めながら、結女は盛んに明日葉院に話しかけて、明日葉院も不器用ながら訥々と答える。

　そんな姉妹めいた二人の様子を、南さんが後ろから複雑な表情で見つめていた。

「あたしの……あたしのポジションが……！」

「大人気ねーこと言うなよ」

と呆れた調子で言うのは川波小暮。

「普段はあんなに控えめな伊理戸さんが、あんなに積極的に接してるんだぜ？　微笑ましく見守っといてやれよ、大人しくよ」

「だから大人しくしてんじゃん！　寂しいけど、羨ましいけど、お姉ちゃんみたいな結女ちゃんも可愛いし……！」

「結果オーライになってんじゃねーか」

　幼馴染みたちのさらに後ろから、僕と一緒にその様子を見守っていたいさなが、不意にぽつりと言った。

「水斗君……わたし、最近百合も行けるようになったんですよ」

「突然何のカミングアウトだ？」

「でもその場合、水斗君がすごく邪魔なんですよ。どうしたらいいと思います？」

「知るか。人を百合に挟まる男みたいに言うな。どっちかといえば挟まってきたのはあっちだ」

「んん～～～でも百合でどっちもおっぱいでかいのはな～～～どうなんでしょ～～～？　何かしら二人にギャップがあったほうがいいような気が～～～ハーレムなら最高なんですけど～～～～」

余人には理解しがたい悩みで激しく首をひねり始めたいさなを、僕はもう放っておくことにした。

僕としては、結女に真面目な友達が増えたことは喜ぶべきことだ。結女自身が行動して摑み取った関係であることもそうだし、何より今まで一番の友達ポジションに収まっていた南さんがアレだからな。

明日葉院は南さんと違って、ストーキングもしないし好きでもない相手と結婚して結女と家族になろうともしない。仮に僕と結女が付き合っていることをカミングアウトしても、明日葉院ならば、冷静に事実を受け止めてくれることだろう――

僕は、そう思っていた。

このときまでは。

国際通りから横に伸びるアーケード商店街に入ると、いよいよ寺町京極を思い出さざるを得ないロケーションとなった。

色とりどりの商品を軒先に山のように積み上げ、道行く人々の目を引く光景は、祭りの出店を思わせる。中でも結女たちの目を引いたのは、華やかな花柄があしらわれたアロハっぽいワンピースで、互いの肩に当てて似合う似合わないとキャッキャしている。

その様子を遠目に見守っていると、

「……一応、お礼を言っておきます」

いつの間にか、隣に明日葉院が立っていた。

特に僕を見るでもなく、ショップの中で楽しそうに話している結女のほうを見やっている。その様子を見て、僕は少し皮肉っぽく笑って答えた。

「何の話だ？」

「一日目……バスの中で。あなたはわたしを受け入れてくれました。あのとき……わたしは、心地よかったんだと、思います」

「そりゃよかったよ」

「もしかしたら、ああいうことがもう二、三度あれば、わたしはあなたのことを本当に好きになっていたかもしれません」

その発言に、僕は少しだけ驚いた——発言の内容にじゃない。そのことを、彼女自身が認めたということに。

「……けど、実際にはそうならなかったんだろう？」

僕が言うと、明日葉院は肯いた。

「あなたは男子の中ではマシな人です。ですが、身体を許せるほどではありません」

「…………。君にとって、恋愛対象と認めるかどうかの基準はそれなのか」

「それ以外に何があるんですか？」

いさなに近い合理主義者だな——恋愛という概念自体を理解できないと、必然的にそういう生物学的な考え方になるわけだ。

「……まあ、僕としてはそのほうが都合がいいよ。変に惚れられても困るだけだ」

「なんだか気色が悪いですね——ですが、今は受け入れておきましょう。あなたにも、東頭さんにも、失礼なことをしたのはわたしですから」

そういえば僕がいさなと付き合ってると思ってるのか、彼女は。結女との距離が縮まったんならこれから隠していくのも面倒だし、もうぶっちゃけてしまおうかな——

そう考えた直後、

「ただし」

明日葉院が言った。

子犬くらいなら向けるだけで殺せそうな、殺気に満ちた目つきで。

「血が繋がっていないからといって、伊理戸さんに手を出したら——ぶち殺しますよ」

背中が一気に冷や汗に覆われた。

何も言えないでいる僕を置いて、明日葉院は結女たちのほうに戻っていく。

僕はその小さな背中を、目で追わずにはいられなかった。

当たり前だ。

命の危機に瀕した動物は、その原因から目をそらすことなどできない。

「……ん？　伊理戸？　どうした？　おーい」

比較的近くにいた川波が声をかけてくるが、僕はろくに答えることができなかった。

さて、どうしよう。

もうすでにぶち殺されるしかないんだが。

伊理戸結女◆普通に修学旅行を楽しむだけ

修学旅行三日目も日が暮れそうになっていた。

客室に入るなり、暁月さんが「うおー！」と歓声を上げる。三日目の部屋は壁紙も調度品も白で統一された清潔なデザインで、一番の特徴はベッドの位置だった。

今日も四人部屋だからベッドは四つあるんだけど、そのうちの二つが、はしごを登った先のロフトに設置してあるのだ。もう二つはロフトの真下にあるけど、明日葉院さんや暁月さんならベッドの上に立っても頭をぶつけなさそうなくらいスペースを取ってある。こんな部屋に住めたらいいなあと思ってしまう、夢のある部屋だった。

暁月さんは素早くはしごの上に登ると、ロフトの上から顔を出して「おおー！」ともう一度歓声を上げた。

「テンション上がるー！　あたしこっちのベッドでいい!?」

「他に希望者がいないなら」

私がそう言って他の二人を見回すと、東頭さんがロフトを見上げながらそわそわとしていた。

「東頭さんも上にする？」

「えっ？　……じゃ、じゃあ、とりあえず内見のほうを……」

東頭さんはちょっと危なっかしい手つきではしごを登っていく。寝起きで落ちなきゃいいけど……。少し不安になりながらそれを見送り、私はロフト下のベッドの一つに腰掛けた。

「いらっしゃーい！」

「おおー……！　秘密基地感……！」

「ここなら誰にも邪魔されないぜ……。好きなだけ声を出しな！」

「んにゃーっ！」

楽しそうなはしゃぎ声が頭の上から聞こえてくる。

もう一つのベッドに明日葉院さんが腰を下ろし、私と目が合った。なんとなく気まずくなって、私は愛想笑いをする。

「楽しそうだね、上」

「……そうですね」

明日葉院さんはまだ気安いやり取りに慣れていないのか、ちょっと硬い態度でそう言った。敬語ももうなくていいんだけど、癖になっちゃってるのかな。東頭さんみたいに『誰が敬語じゃなくちゃダメで誰がタメ語でもいいのかややこしくなっちゃうから全部敬語』なんていう、雑な理由での口調ではないと思うけど。

明日葉院さんの硬さを取り除くために、私はちょっと冗談を言ってみる。

「私たちもする？　イチャイチャ」

「うえっ⁉」

明日葉院さんは驚いて、湯上がりのようにほんのりと顔を赤くした。

「い、いえ、わたしたちはその、浮ついた関係ではないというか、生徒会役員としてあまり不埒(ふらち)なことは……！」

「良いではないか良いではないか」

私は自分のベッドから立ち上がって、明日葉院さんのベッドに膝をかけると、「えいっ」とその小柄な身体(からだ)を押し倒した。「ひゃっ⁉」と明日葉院さんが驚いた声を上げる。

「ほらほら、弱いのはここかな～？」

「んうっ……そこはっ……あっ、んああっ……！」

明日葉院さんの身体を抱きしめて、脇腹の辺りをこちょこちょする。すると明日葉院さんは顔を赤くして、ピクピク敏感に震えて、甘えるようなか細い声を漏らした。

可愛(かわい)い～～～っ！

いつも明日葉院さんを人形みたいに抱きしめている亜霜先輩の気持ちがわかる。ちっちゃくて可愛くて反応もいいって最高じゃない？　うーん……ずっとこうしていたい……。

「……ねえねえ……」

いつの間にか静かになっていたロフトの上から、こそこそとした話し声が聞こえてきた。

「……下……」

「……はい……」

「……これ、ヤッてない……？」

「……完全にヤッてます……」

「ヤッてないから！」

私は上の階に苦情を入れた。

ネットカフェの隣のブースでイチャつき始めたカップルみたいに言うな！

夕食のために下の階に降りてくると、水斗と顔を合わせた。

夕食のバイキングが始まるまでには少しだけ時間がある。しばらく二人で話す機会がなかったし、ちょうどいいと思って、私は水斗に「ちょっといい？」と声をかけた。

「――っていう感じだったんだけど」

私は午前に海で明日葉院さんから聞いた話を、水斗に話した。

水斗も私たちの仲直りに尽力してくれたんだし、その権利はあると思ったのだ。

「……なるほどな。告白か……」

水斗は特に、明日葉院さんがプールで見たことについて興味を持ったようだった。

「ロケーションとしては確かにらしい場所だな」

「ね。私と同じように、ここなら他の生徒が来ないって思ったのかな」

「どうだろうな——たまたま二人でそこに入って、なんとなく雰囲気で、ってこともあるだろうし」

そっか。そういうパターンもあるのか。私自身を含めて、私の身の回りではきっちり状況を整えての告白しか経験していなかったので、頭の中になかった。

「一つ訊いておきたいんだが、明日葉院がその告白者と一緒にプールを出た時間について、何か言ってなかったか？」

水斗は奇妙なことを聞いてきた。

私は首を傾げて、よくよく話を思い出してみたけど、特に思い当たらずに傾げた首を戻して横に振る。

「ううん。プールに入った時間は20時半くらいって言ってたけど——出た時間までは。そもそも、明日葉院さんは腕時計もしてないし、正確な時間はわからなかったんじゃない？」

「そうか……。そういえば、誰もスマホを持ってないんだったな」

腕時計がなければ、時間を確認する方法は班長が持っている携帯しかない。それを見越して、腕時計を着けてきてる人もいるけど——吉野さんなんかがその一人だ。

「……ところで」

水斗は急に話題を変えてきた。

「明日葉院は、何か言ってなかったか？　その……僕たちが一緒に住んでいることについてとか」

「何？　今更。噂話の心配？　そんな繊細なタイプだったっけ？」

「いや……明日葉院は真面目なタイプだから、家族とはいえ血の繋がってない相手と同居していることについて思うところがあるんじゃないかと思ってな」

「それも今更じゃない？　私たちが義理のきょうだいなのは明日葉院さんもとっくに知ってるわけだし……なんなら付き合ってることも話しちゃったって——」

「それはやめとこう」

鋭く、強い否定だった。

驚いた私に、水斗は取り繕うように付け加える。

「同居までは納得できても、付き合ってることまでは納得できないかもしれないだろ？」

「それはそうだけど……。ねえ、何かあった？」

「何かって何かだ？」

怪しい……。怪しいけど、この男はポーカーフェイスが本当に上手い。完全に尻尾を掴むことはできなかった。

「……とにかく、私たちの関係は明日葉院さんにも隠しておけばいいのね？」

「そうしたほうがいいな」

「実は明日葉院さんと二股かけてるからバレるとまずいとかだったらぶっ殺すわよ」

「そんなことするはずないだろ……」

呆れたように水斗は言う。もちろん本気でそうだとは思ってないけどね。

話しているうちに、夕食の会場である宴会場の扉が開き始めた。

これ以上仲良さげに話しているのは良くないだろう。水斗に手を振って別れようとしたとき、水斗が「ああ、そうだ。もう一つ」と杉下右京みたいな呼び止め方をしてきた。

「もし吉野に話しかけられたら、言っておいてほしいことがあるんだが」

「吉野さんに？」

伝言の内容を聞いて、私はますます首を傾げた。

「とにかく伝えてくれればいい。それで充分だと思う」

「充分って何が……？」

「気にするな。君は明日葉院と一緒に修学旅行を楽しむことを考えてればいい。それが一番重要だろ？」

私に背を向け、宴会場の中に歩いていきながら、水斗はこう言い残した。

「あとは僕が片付ける。――任せておけ」

そして始まったバイキングで、あたかも予言だったかのように、その機会は巡ってきた。

「あー、結女ちゃん結女ちゃん。ごめんね、今回は」

トレイを持って料理を取って回っていたとき、吉野さんが隣に来て、どこか気まずそうにそう言ったのだ。

今日の吉野さんは、上半身のラインを隠す大きめのブラウスに、すらりと長い脚のラインを見せる黒のスキニーで、まるでモデルのようなカッコいい系のファッションだった。自分に対する自信が伝わってくるような服装だったけど、当の本人の表情はいつもよりずっと弱々しい。

「ちょっとした遊びのつもりだったんだけどさあ、まさか本人にバレるとは思わなくて

――あーいや、こういうのもアレか。とにかく裏で探るような真似してごめん！」

「あ……もしかして、しおりの話？」

　私はようやく合点がいった。

　しおりを使った暗号通信で私が付き合っている相手を探り出そうとしていたこと――明日葉院さんとのことに必死で、本来不快に思うべきだろうそれのことをすっかり忘れてしまっていた。

　そんな私を見て、吉野さんは驚いた顔をする。

「全然気にしてない感じ？　うーわ、器デカすぎでしょ」

「いやいや、そうじゃなくて、ただ他のことに気を取られてただけで……。それに、本当に悪意はないみたいだったし。私が匂わせみたいなことをしてたのも悪いし……」

「そんなことないってー！　ウチが結女ちゃんの立場だったら、絶対同じこと言ってるもん。彼氏いるからもう近づいてくんなーって」

「それよりも、クラスのみんなに溝ができてないかのほうが心配かな……。私のせいで二つに分かれちゃったんでしょ？」

「あー、それは全然大丈夫！　ウチと暁月ちゃんがさ、代表してナシつけといたから！　ナシって。

「お互いなんだかんだスパイごっこみたいで面白かったじゃん？　ってことでケリついたから！　結女ちゃんは何にも心配しなくていいよ！」

「それならよかったけど……」

他人に気も遣えるし、やっぱり吉野さんも悪い人ではないんだろう。ちょっと見た目が派手で距離感が近いだけで。

「も〜、散々だったよ、修学旅行……。いろいろミスっちゃってテン下げ〜……」

吉野さんは珍しくしょんぼりとしたかと思うと、

「でもでも、海は超楽しかったし、水族館もイルカ超可愛かった！　プラスマイナスで言ったらプラスかな！」

「そ、そう……。それなら良かった……」

光り輝くようなポジティブさに浄化されそうになる陰キャこと私。

人生楽しむのが得意そうでシンプルに羨ましい。

「じゃあそゆわけで！　一言謝っときたかったんだ！」

そのまま台風のように過ぎ去っていきそうな吉野さんだったけど、私はすんでのところで、さっき水斗に頼まれたことを思い出した。

「ちょっと待って！　水斗から伝言を頼まれてるんだけど……」

「え？　水斗クンから？　なんで？」

「私もよくわからないんだけど……ええっと――」

私は水斗の伝言をよく思い出し、それをそのまま自分の喉で再生した。

「――『今更遅いだろうけど、先生には報告したほうがいい』だって」

瞬間。

輝くようだった吉野さんの表情は、凍ったように固まった。

え……？　どうして？

この意味のわからない伝言には、しかし吉野さんにだけはわかる意味を持っていたらしい――吉野さんは表情を固まらせたまま、今にも消え入りそうなか細い声で言う。

「それを……水斗クンが？」

「う……うん。詳しいことは話してもらえなかったけど……」

「そっ……か……。ありがと。ウチも意味わかんないけど、詳しいことは本人に聞いてみんね！」

吉野さんはすぐに元の明るさを取り戻したけど、私はさっきの表情が忘れられない。

仮面を――壊されたような。

そんなわけないのに、吉野さんの顔に大きなヒビが入ったような……そんな錯覚すら抱いたのだった。

私から離れて、友達のところに戻っていく吉野さんを、私は黙って見送る。

——あとは僕が片付ける
私が考えなければならないことは、もうないのだろう。

水斗がそう言ったのだ。私が今やらなければならないのは、明日葉院さんと一緒に修学旅行を楽しむことだと。

だったら、私は私のやるべきことを全うしよう。

私はたった今見た吉野さんの表情を胸の奥底に沈め、明日葉院さんたちが待つテーブルへと戻っていった。


脱衣所にヒーローが誕生していた。

「えっ……？　でかっ……。でかっ……!?」

「普段何食べてんの!?　体操とかしてる!?」

「やっぱ男だよ！　男に揉まれるとでかくなるってホントだったんだ！」

「さっ、さささささ触っても……？」

興奮した女子たちに囲まれているのは、上半身をはだけてブラジャーを露わにしている東頭さんだった。子供に囲まれるヒーローみたいな立場に追いやられ、目を回しながら「あう」とか「えとえと」とか言葉とも言えない言葉を漏らしている。

三日目のホテルの今までと一番違うところは、大浴場があることだった——それも温泉。これは行くしかあるまいと女子たちが脱衣所に集合した結果、生まれたのがこの状況である。むべなるかな……。

もちろんというか、東頭さんの爆乳はクラスの女子にはバレていた。今までは服とか猫背とか存在感とかで誤魔化していたみたいだけど、体育の着替えではどうしても目にすることになるし、そもそもその大きさがそろそろ、誤魔化せる領域を派手に超えつつある。

だけどこれまで、それをストレートにいじる機会はあんまりなかった。対外的に彼氏ということになっている水斗が、東頭さんに対しては過保護だからだ。私や暁月さんしかいないとか、クローズドな場でならともかく、オープンな場で彼女を辱めるような真似はあの男が絶対に許すはずがないのだった。

女子からしても、人気のある水斗から不興を買いたくないので、公然の秘密というか、暗黙の了解として彼女の胸には手を出さない——そういう空気ができていたのだった。

そこに来て、この空間——女子だけしかいない脱衣場、お互い裸同士という開放感。

これらの条件によって、女子たちの興味が炸裂したのだった。

「はいはいはい。下がって下がってー」

ただただ顔を赤くすることしかできない東頭さんの代わりに、暁月さんが割って入って警備員のように女子たちを下がらせる。

「並んで並んでー。一揉み千円だよー」

「高ぁーい！」

「千円……くううう！」

「いっ、一万……一万までなら……！」

「行っけえーっ！　親からもらったお土産用のお小遣い！」

「こら！　お財布出すな！」

生徒会役員として、さすがにこれは見逃せなかった。私が怒ると、女子たちは蜘蛛の子を散らすように逃げていく。

解放された東頭さんはふうと息をついて胸を撫で下ろした。

「ありがとうございます、結女さん……」

「いいの。後で水斗に怒られそうだったし」

「あのままだと、ＪＫに順番におっぱいを揉まれるっていう変な性癖ができるところでしたよ」

「……怒られたほうがいいのはあなたのほうかもね」

東頭さん流のジョークだと信じたい。

私は次に、すでにパンツ一丁になっている暁月さんのほうに目を移す。

「暁月さんも。人の身体で商売しない！」

「千円なら引くだろー、と思ったら突っ張ってこられてビビっちゃった！　なっはっは！」

「もう……」

しかしまあ、私や暁月さんは神戸で一回触ってるから冷静でいられるだけで、もしそうじゃなかったら他のみんなと同じ反応を示してたかもしれない。いや、千円は絶対払わないと思うけど。

東頭さんはようやくブラのホックに手をかけて、パチリとそれを外す。でも、私は気付いていた。逃げていった女子たちが、チラチラと横目でその様子を窺っていることに。東頭さんの胸からカップが外れて、解放されたゴム毬のような膨らみがぼよんと弾んだときなんて、『うおお……』というどよめきが重なったくらいだった。

まあ、東頭さんが注目されることで、ちょっと助かっていることもなくはない。私も最近、巨乳側に足を踏み入れていることを認めざるをえないけど、東頭さんのおかげでさほど見られていない。

何よりも、明日葉院さんの周りが静かだった。

手早く服を脱いだ明日葉院さんが、曲線的な胸にフェイスタオルを当てる。もちろんそれくらいでは、小柄な体格に不釣り合いな双丘を隠すことなんてできないけど、東頭さんが完璧にミスディレクションしてくれていた。

明日葉院さんは東頭さん以上にこういうの苦手だろうから……。私が温泉に連れてきた手前、嫌な思いをさせずに済みそうでよかった。

「……伊理戸さん？」

明日葉院さんが不思議そうな顔をして私を見てくる。脱ぐのが遅いせいだろう。

私は着ているブラウスを脱いで脱衣かごに入れながら、

「私、髪まとめたりしないといけないから、先に行っててていいよ」

「そうですか……」

と言いつつ、明日葉院さんは私のそばから離れなかった。

昔の自分を思い出して微笑ましくなる。私も中学の頃は、話ができる相手のそばから離れられなかった。

とはいえ裸のまま脱衣場で突っ立っているのも気まずいだろう。私は服を脱いで下着だけになると、明日葉院さんに背中を向けて言った。

「髪まとめるの手伝ってくれない？」

所在なさげにしていた明日葉院さんはその言葉で顔を上げ、「はい」と言って、私の髪に壊れ物を扱うような手つきで触れた。

明日葉院さんに手櫛で梳いてもらった後、彼女に手で束ねてもらい、余った髪を自分の手でくるくると巻いていく。それをヘアクリップで固定したら完成だ。

「ありがと」

後ろを振り返って言うと、「いえ」と、明日葉院さんは少し照れくさそうにした。

それから私は、ブラジャーとショーツを脱いでかごに入れ、フェイスタオルを手に取る。ちょうどその頃に、タオルで隠すこともない堂々たる全裸の暁月さんが、東頭さんを伴ってやってきた。

「結女ちゃん、行こー」

「うん」

私は肯いて振り返った。

その隣には明日葉院さんが、そして逆側には恥ずかしげに肩を縮こまらせた東頭さんが並んでくる。

すると――暁月さんが急に無言になって、私たち三人を順番に見回し始めた。

「な……何？」

暁月さんは私たちの胸、腰、お尻を無表情で観察すると、

「ピピピピ――ボンッ！」

耳元で何かが爆発したようなジェスチャーをしてから、急に明日葉院さんに向けてピッと指をさした。

「86、53、74」

それから今度は東頭さんに指をさし、

「測定不能、63、94」

そして最後に私を指差す。

「85、56、79」

謎の数値を口走った暁月さんは、すすすっと後ずさりして私たちから距離を取った。

「ごめん。さすがに隣立てん」

「え？」

「スカウターの故障だあーっ！」

そう叫びながら、暁月さんは脱兎（だっと）のごとく大浴場の中に飛び込んでいった。

お、大袈裟な……。

暁月さんだって背が低いだけで別にスタイルが悪いわけではないんだから、気にしなくたっていいのに。

だけどどうやら、気にしているのは暁月さんだけではないようだった。

東頭さんが目を見開いて、隣の私の胸部を凝視していた。

「は、はちじゅうご……」

「測定不能が何言ってんの」


灰色の石で組まれた浴槽に、薄い褐色のお湯が滔々と流れ込んでいる。

私たちが少し遅れて浴場に入っていくと、見覚えのある女子たちがその浴槽の中で、きゃあきゃあと騒ぎながら奥に行ったり手前に戻ったり謎の動きを繰り返していた。

浴槽の手前側の縁に背中を預けてお湯に浸かっている奈須華さんを見つけて、私は声をかける。

「みんな何やってるの？」

奈須華さんはショートボブを揺らして振り返り、「あれあれ」と天井の奥側を指差した。

真ん中から奥の天井が、夜空になっている。

穴になっているのだ。そこから射し込んだ星明かりがお湯の真ん中から奥をうっすらと照らし、流れ込んだ風が一糸まとわぬ素肌を涼やかに撫でている。

「露天風呂……」

明日葉院さんが呟いた。

きゃあきゃあ言っている女子たちは、天井が空いているエリアに出ていっては恥ずかしそうにじゃばじゃば戻ってくるという、チキンレースめいたことをやっているようだった。

天井に夜空が覗いているだけなのだから、空飛ぶ人間でもいなければ人に見られることはないんだけど、確かに全裸で外気に触れるのはちょっと勇気がいる。

どうやらそのチキンレースの王者は二人いるようだった。

浴槽の一番奥で、見覚えのある顔が二つ、堂々と肩を石垣に乗せながら降り注ぐ星明かりを全身に浴びている。

「……あ、来た来た。三人とも――！」

「伊理戸さんじゃ――ん！　こっちこっち――！」

片方は暁月さん。もう一人は麻希さんだった。

体格に差こそあるものの、すらりとしたスポーティーなスタイルの二人が、お湯の中にしなやかな脚を伸ばしている。

なんだか無邪気に手招きされてしまったけど……私は明日葉院さんや東頭さんと顔を見合わせた。

数秒間、互いの出方を探りあった後、東頭さんが一歩下がって言う。

「どうぞどうぞ」

「私が行きたがってるみたいに言わないで？」

仕方ない……。ただでさえ目立つ東頭さんや明日葉院さんを、チキンレースに巻き込むわけにもいかないし。

私は温泉に足を入れると、恐る恐る、天井が落とす影の中から一歩外に出た。

冷たい夜気が肌を撫でる。真上を見上げると、四角く切り取られた星空が覗いていた。

まさしく宝石箱の蓋を開けたかのようだったけれど、それよりも気になるのは、自分の身体に服を着ている感覚がないことだ。

……私、裸で外にいる……。

非日常的な開放感と、そして――

「――背徳感やばいでしょ」

目を温泉に戻すと、暁月さんが悪い顔をしていた。

麻希さんと両腕両脚を伸ばして、頭上の夜空を抱くようにしながら、

「身体の隅々まで風が行き渡る快感！」

「これが原始の人間の生き方……！　癖になりそ〜！」

……露天風呂の楽しみ方としては間違ってないんだろうけど、どうしてだろう、この人たちと同じだと思われたくない。

そのとき、ちゃぷちゃぷとお湯をかき分ける音が後ろから聞こえてきた。

振り返ると、胸にフェイスタオルを当てて申し訳程度に身体を隠した明日葉院さんが、お湯の中を歩いてきていた。

「明日葉院さん？　……いいの？」

明日葉院さんは恥ずかしがるかなと思ってたんだけど。

彼女は頭上の夜空を見上げて言う。

「せっかくなので」

せっかくなので……か。以前の明日葉院さんなら決して出てこないだろう言葉だと思った。勉強以外のことは無駄だと思っているような節があったから……。例外は、紅会長が頼んだり誘ったりしたことぐらい。

それなら……まあ、私も、せっかくだし。

それに、明日葉院さんと一緒なら、暁月さんたちと同じだとは思われないだろうし。

私は明日葉院さんと一緒に、暁月さんたちの隣に移動した。

持っていたフェイスタオルを石垣の縁に置き、ゆっくりと身体をお湯に浸す。

その間、麻希さんの目が私と明日葉院さんの一部分を追っているのを、私は見逃さなかった。

「……ぽよんぽよんさせおって。一回揉ませろ」

「ダメ」

私の胸は水斗専用だから。

「私のおっぱいは彼氏専用ってか！　かーっ！　このエロ女め！」

「…………………」

自分の思考と麻希さんの冗談が一致して、私は思わず無言になった。エ、エロ女じゃないもん……。普通だもん……。

そんな私たちをよそに、隣の明日葉院さんは上気した顔を上向け、星々が煌めく空を見上げていた。

「どう？　感想は」

数秒、間を置いて、明日葉院さんは答える。

「あなたに出会ってから……初めてのことばかりのような気がします」

質問とは斜め上にずれた返答に、だけど私は戸惑うことなく「そう？」と返す。

「テストで負けて悔しくなるのも……学校の知り合い同士で旅行に行くのも……アイスを分け合うのも。全部、わたしには無縁なことだと思っていました」

「旅行は紅会長のおかげだけどね」

と、苦笑しながら訂正しつつ、

「わかるよ。私も、高校に入ってから初めてのことばっかり」

元カレが家族になったのは除くとしても。まさか、私が生徒会に入るなんて入学するときには思いもしなかったし。明日葉院さんが初めてだということが、実のところ私にとっても初めてのことばかりなのだ。

明日葉院さんは両手で薄い褐色のお湯を掬い、手のひらにできた小さな温泉を見下ろす。

「こういうことに、憧れていたわけではありません。でも……意外と、楽しいものだと思います。それを知れたことは、きっとプラスなのでしょう。……以上、感想です」

持って回ったというか、理屈っぽいというか……でも、自分の気持ちを真摯に口にした結果なのだろう。真面目な明日葉院さんらしいと思った。

「明日葉院さん？　たぶん初めましてだよね？」

私たちの会話が終わるのを見計らって、麻希さんが私越しに明日葉院さんに声をかけた。

「わたし、坂水麻希っていうんだけど！　伊理戸さんとは去年クラスメイトでさー、ちょくちょく話は聞いてたんだよね。お噂はかねがねってヤツ！　よろしくぅ！」

おお……素晴らしい陽キャっぷり。さすがバスケ部（偏見）。

でも明日葉院さん、こういう相手には塩対応しがちだからなあ……。どうフォローしようか考えていると、明日葉院さんは言った。

「よろしく……お願いします」

硬さの残る――だけど、壁を張ってもいない挨拶を。

そして――

「えっと……話を聞いていた、というのは、どのような……？」

――なんと、自ら会話を継続した。

私の知る限り、明日葉院さんが初対面の相手に会話の継続を試みたのは初めてのことだった。なんという進歩！　水斗や東頭さんはまだできない（やる気がない）のに！

麻希さんも嬉しそうに、私とした話を語り始める。私の頭越しに会話が始まってしまったけど、私は明日葉院さんの健気な努力が可愛らしくてニコニコだった。

お湯に浸かったまましばらく話していると、さすがに疲れてくる。明日葉院さんの顔もだいぶ赤くなっていたので、私は「そろそろ身体洗おっか」と提案した。

「明日葉院さん、背中流してあげる」

ついでにそんなことを言うと、暁月さんが「えーっ！　ずるいずるい！」と不満を述べたけど、これは頑張った明日葉院さんに対する投げ銭みたいなものだ。

明日葉院さんはちょっと戸惑いつつも、

「あ……それでは、わたしも手伝います」

「何を？」

「えっと……髪、洗うの大変そうだなと、前から思っていたんです」

「そうなの？　ありがとう！　実際大変だから……」

二人で立ち上がり、温泉を横切って石垣の上に上がる。

その際、明日葉院さんの太ももが目に入った。右の太ももの外側に、うっすらと赤い線が入っている——植え込みの枝で切った跡だ。

「太ももの傷、もう大丈夫？」

「はい。もうほとんど治っています」

「そっか。そういえば海にも入ってたしね」

私が手を伸ばしてその傷跡をそっとさすると、明日葉院さんは小さく身をよじった。

「く、くすぐったいです……」

「んー？　敏感じゃない？　じゃあこれはどうだ！」

「やんっ……！　ちょっ、くすぐったいですってば！」

そんな風にじゃれ合いながら露天風呂を出ていく私たちを見て、周りの女子たちがこそこそと囁き合っているのが聞こえた。

「……仲良すぎじゃない……？」

「……そういえばさ、伊理戸さんが付き合ってる相手って……」

「……学校で一番頭のいい人だっけ……？　――あっ！」

「……明日葉院さんって去年の学年末テストで……！」

…………うーん？

なんだか新しい誤解が生まれているような気がするけど……とりあえず今はいっか！

「おやすみー」

「おやすみなさい」

「うん、おやすみ」

ロフトの上の暁月さんと東頭さんに言って、部屋の明かりを消す。

カーテン越しに窓の外の光がうっすらと射し込んでくる中、ベッドのシーツの中に潜り込んだ私は、身体の向きを横に変えた。

すると、隣のベッドで同じように身体を横にしている明日葉院さんと目が合う。

「…………………」

「…………………」

しばらく無言で見つめ合うと、私はおかしくなってくすりと微笑んだ。

まだ眠気は遠い。それに、ベッドに入りながら明日葉院さんと見つめ合っているこの状況も面白い。だから私は、潜めた声で、枕に顔を半分埋めた明日葉院さんに話しかける。

「もう明日で終わりだね、修学旅行」

「……はい」

明日葉院さんも潜めた声で返す。

「楽しかった？」

「最終的には……」

「だったらよかった」

こういうときって何を話すんだろう。そう考えた直後、私はこれが定番シチュエーションであることに気付いた。

修学旅行の夜といえば。

「……水斗はどうだった？」

恋バナ。

だけど明日葉院さんの直近の恋バナがこれしかなかったので、本当に好きではないはずの男の名前を出してしまった。しかも自分の彼氏。

ちょっと間違えたかなと思ったけど、明日葉院さんは困る様子もなく、

「悪い人ではないと思います。……ちゃんとわたしに、寄り添ってくれました」

「そ、そっか……」

ノンデリで傷つけたって言われるよりはいいけど、彼氏が他の女の子に優しくしてるのはちょっと複雑……。

「でも、本当に付き合うのは無理ですね」

「え？　……そ、そう？」

「はい。頭はいいですがちょっとガサツそうですし、その頭の良さだって何もかも見透かされてるような気がして居心地が悪そうです。そのくせ普段は東頭さんのあの胸に甘えていると思うとちょっと生理的に無理になってきます」

ボ、ボコボコ……。

しかも最後のはただの想像でしかないのでは？

「性欲に振り回されるようなタイプには見えませんが、思わせぶりなことをして女子を勘違いさせるタイプには見えます。伊理戸さんは騙されないように気をつけてくださいね」

今日一饒舌だった。

やっぱり何かしたんじゃないの？　あの男……。明日葉院さんに私たちの関係を明かさないよう妙に釘を刺してきたし……。

それからも私たちは、今日を振り返るようにいろいろなことを話した。

そのうちに、私も明日葉院さんもだんだんと口数が減ってきて、瞼が落ち気味になる。

心地の良い眠気に意識を包まれながら、私はこんな眠りが久しぶりなことに気が付いた。

思えば、一日目も二日目も、心配事を抱えながらベッドに入っていた。一日目はプールでのことで、二日目は明日葉院さんとのことで……。だから、こんなにも満ち足りた気持ちで眠りに落ちるのは、実に三日ぶりのことなのだ。

——ああ、そういえば。

眠りの淵で、疑問がよぎる。

——結局……プールから逃げていったあの人影は、誰だったんだろう……？

第四章　導き出す四日目

伊理戸水斗◆犯人について

結論から先に言っておくと、僕は現時点において、僕と結女の密会を覗いていた犯人の正体を特定できていない。

何しろ、あの犯人についてははっきりしていることはまだたった一つしかないのだ。

僕たちの追跡を女子更衣室のロッカーに隠れてやり過ごしたこと——すなわち、犯人は女性であろうということ。

洛楼高校二年の生徒に限ってもおよそ１００人——当時、たまたま同じホテルに宿泊していた女性も可能性に含めると枚挙に暇がない。

ただし。

ここにもう一つだけ——あと一つだけ情報が増えると仮定すると、話は変わる。

僕が気付いていることがあるとすれば、ただそれだけだ。

あと一つ、とある条件が符合するだけで、１００人以上の容疑者からあたかも魔法のように、たった一人の犯人が浮き彫りになる。

その仮定を良しとするならば——そう、こう言ってもいいだろう。

僕はあの人影が誰なのか、ほぼほぼ確信している——と。

だからここから先は、その仮定を事実に変える作業だ。

僕としては別に犯人なんてわかろうがわかるまいがどっちだっていいが、結女の心にはしこりとして残り続けるだろう——何よりも、僕の仮定が正しかった場合、犯人自身の心にこの修学旅行のことが悪しき記憶として残り続けてしまう。

柄じゃあないが、誰かがやらなければならないことだ。

終わりよければすべてよし。

人生でたった一度の高校の修学旅行を、いい思い出で終わらせてやろう。

何、それほど気合を入れることじゃない。

布石は打った。

あとは待っていれば、勝手に必要な情報がやってくる。

そうだろう？

吉野弥子。

伊理戸水斗◆なぜ今回に限って服装の描写が多いのか？

修学旅行最終日——四日目唯一にして最後のプログラムは、首里城の見学である。

よく見る赤瓦の荘厳な門構えの写真から、なんとなく平安神宮みたいな場所にあるんだろうと想像していたが、実際には周りはほとんど普通の住宅街みたいな感じで、首里城はその真ん中の小高い丘の上にあるらしかった。

ただ、首里城周辺には景観に関するルールがあるらしく、街並みのほとんどが白い壁と朱色の屋根で統一されていて、それが一番の特徴といえた。

僕ら洛楼高校一行が一番盛り上がったのは、ローソンを見つけたときである。あの青のイメージしかないローソンの看板が朱色になっていたのだ。普通なら青のラインが走っている入り口の上も赤い瓦の庇になっていて、一見してローソンだと気付かなかったくらいだった。

マクドナルドの看板が茶色にされていることで有名な京都の人間としては、それ以上のご当地デザインを目の当たりにして盛り上がらないわけがないのだった。

石垣に縁取られた広い坂を登っていくと、真っ赤な門が見えてくる。ここが首里城公園の入り口——守礼門というらしい。

クラスごとに順番に門を通り抜けていく。基本的に班ごとの行動にはなるが、中に入ったら結構自由に見て回ってもいいようだ。

僕たちは班の六人で、石造りの城壁に沿うようにして歩いていく。ほどなく、城壁の内側に入るための門が見えてきた。さっきの守礼門とは違って城壁に穴が開いただけのような無骨な門で、両脇に鎮座するシーサーも全身灰色だった。

その門を抜けると、波のように湾曲した城壁に囲まれた空間に出る。緑の芝生の中に石畳の道が伸びていて、その道の先には階段と、再びの小さめの門があった。今度は綺麗な朱色に塗られている。

階段を上って朱色の門を抜けると、すぐ正面に高さ五メートルはありそうな城壁が現れた。道は真左に伸びていて、その先にはまた階段と門。

「か、階段が多くありませんか……？」

いさなが弱々しい声で言った。

僕も少しばかり脚に疲れを覚えつつ、

「丘の上にある城だからな……。階段も多ければ坂も多いんだろう」

「うへえ……」

いさなはげんなりとした。正直僕も同じ気持ちだ。

階段を上り、門を抜け、ちょっとした広場に出る。左手側に観光客が集まっているから何かと思うと、腰くらいの高さになった城壁から街を一望できるようだった。

「うわー！　こんなに登ってきたんだ！　写真撮ろうよ、写真！　川波よろしく！」

「へいへい」

ナチュラルに川波がカメラ係にされて、携帯電話を受け取る。女子四人が城壁のそばに寄って、那覇市の眺望をバックに写真に収まった。南さんはもちろん、結女も写真に写るのは慣れたものだったが、いさなはお手本のような陰キャピースで、明日葉院も表情がぎこちなかった。

僕は我関せずでいたが、結局班全員で撮る流れになり、川波に無理やり引き込まれる形でレンズに写った。僕は写真自体あんまり好きじゃないんだがな。

それからまた一つ門を抜けると、大きな石畳の広場と、これまでで最も大きな門が現れる。

奉神門――見上げるほどの高さがあるまさに城門で、屋根も壁も柱も何もかもが、鮮やかな朱色で統一されている。首里城の正殿に繋がる、いわば正面扉といったところだが、それ自体が建物にもなっていて、これがお城だと言われても納得してしまいそうだった。

あの門の向こう側には本来、朱色と金色に彩られた、それはそれは荘厳な正殿があったそうだが、何年か前の火災で跡形もなく焼け落ちてしまい、今は復元工事の最中らしい。

実際、門の向こうには在りし日の正殿の姿が描かれた、大きなプレハブが見えた。

ここまででやっと半分ってところか。もちろん帰りもあるので、往路の半分でしかないが。

「ふい～……」

奉神門の手前に広がる広場の端っこで、いさなが息をつきながらしゃがみ込んだ。

「坂、階段、坂、階段……引きこもりには堪えますよ……」

「だらしねーなあ。このくらいで」

天敵である川波の煽りにもさして反応せず、いさなは「いいんですよ……。人間は坂なんて登らなくても……」と謎の悟りを得て、しゃがんだままぼーっと朱色の奉神門を見上げた。

その様子を見て、結女が南さんに言う。

「ちょっと休憩する？　ここ広いから邪魔にもならないし」

「いいんじゃない？」

そういうわけで、しばらくこの広場を見て回ることにした。

僕としても好都合だ。しばらくここにいれば……きっと、彼女が追いついてくる。

僕は石畳の広場をぶらぶらしてるふりをして、そっと結女やいさなたちから離れた。

そうするうちに、後続の生徒たちが続々と追いついてくる。その中に――

「……ねえ」

そら来た。

声をかけられて、僕は振り返る。

そこには派手な髪にへそ出しルックの、吉野弥子がいた。

肩もお腹も太ももも大胆に露出した、文化財にはふさわしからぬ格好の彼女は、僕に怯えるような、あるいは疑うような、いずれにせよ友好的とは言いがたい視線を向けていた。

広場の端っこに植えられた木のそばに移動していたのが幸いして、結女やいさなに見咎められることもないだろう。僕は吉野に向かってしれっと言う。

「何の用だ?」

吉野はかすかに眉間にしわを寄せた。白々しい、とでも思っているんだろう。

「何の用だじゃないでしょ。あんな伝言送っといてさ」

「あれは僕なりの親切心でもあったんだけどな」

「『でも』ってことはそれだけじゃなかったんでしょ。ウチに何が言いたいわけ？　脅すような真似をする人だとは思わなかった」

「脅すつもりなんてないよ。君が勝手に脅されてると思ってるだけだ」

僕は肩を竦めて言う。

「大体、脅しの材料になんかなりはしないよ――班長用の携帯が壊れてる、なんて程度じゃ」

「……っ！」

吉野は唇を歪ませた。

僕は苦笑して続ける。

「ちなみに、僕はそのことについて、確固たる証拠を握っていたわけでも確信を持っていたわけでもない。ただの推測だった――でも、今のその顔で確信したよ。君……携帯を水没させて壊したんだな？」

「なんで……そんなことわかるの」

「きっかけは三つあった――けど、聞きたいか？　わざわざ」

「聞かずに納得できるかっての！」

それなら仕方ないか。

「一つ目は、二日目の朝、結女が君にコールしても出なかったことだ」

しおり事件について、僕を伴って聞きに行ったときのことだ。いきなり部屋を訪ねるのは失礼だからと、結女が先んじて携帯で用件を話そうとしたが、吉野は出なかった。あのときすでに携帯が壊れていたからだとすると納得がいく。

「二つ目は、その日から君たちの班が妙に僕たちの班と行動を共にしようとしたこと。アメリカンビレッジのときも、やけに結女たちの近くにいたよな。あれは携帯を通じて何らかの緊急連絡があったときに、その情報を共有してもらうためだったんじゃないか？」

結女からは朝に話したときに『何か困ったことがあったら協力する』という言質を取っていたし、いざという時は頼る算段だったんだろう。

「三つ目は――二日目の朝、君たちの部屋に干してあった服だ」

「服……？」

「一日目の夕食後に君が着ていた服と同じだった」

「…………！」

吉野は表情をかすかに歪めた。知られたくなかったんだとしたらずいぶんと迂闊なことだ――やっぱり男を軽々に部屋にあげるべきではなかったな。

「僕たちは当たり前だが、あらかじめ修学旅行の全日程――四日分の着替えを持ってきている。服を洗濯する必要なんてない。あるとしたら、何らかの不慮の事故によって必要が生じたとき――そう、例えば、ずぶ濡れになって着れなくなった、とかな」

なんでずぶ濡れになったのか？

綺麗に符号するイベントが、その前日の夜にあったはずだ。

「吉野――君、明日葉院にプールに突き落とされたな？」

吉野は努めて表情を動かさないようにしていた。

でも、今更もう遅い――君がそんなに僕に怯えている時点で、僕の仮説はすでに証明されたようなものなんだから。

「結女経由で明日葉院から聞いているんだ。一日目の夜、20時半頃、ホテルのインフィニティプールで告白しているのを見た、とな。もちろん明日葉院はそれが誰と誰だったかまでは言わなかった。だけどさっき言った三つのことを覚えていた僕は、その片割れは間違いなく君だろうと思った。それも告白した側だ」

「……何で？」

「明日葉院の話から推測する限り、君じゃないもう片方の人間として考えうるのは、三人しかいないと見ていい。そしてその三人は全員、とても君に告白するような動機を持っているとは思えなかった。……君には申し訳ないことだけどな」

「待ってよ……。話が見えないんだけどさ」

落ち着いてきたのか、吉野は今更のように表情を取り繕いながら、

「プールでの告白？　で、突き落とされた？　なんでそれがウチってことになるわけ？　服を洗ってたからってさ、ずぶ濡れになったとは限らないじゃん。例えば……ジュースを派手にこぼしちゃったとか」

「そういえば、今日も一日目と同じ服を着てるな。見覚えがある」

「干してたら乾いたから――」

「塩素の匂いがするぞ」

「えっ？」

吉野は慌ててキャミソールの肩紐（かたひも）に鼻を近づけてから、ピキリと固まった。

僕は小さく笑って言う。

「素直な奴（やつ）だ」

吉野は恥ずかしそうに顔を赤くした。僕としても、まさかここまで見事に引っかかってくれるとは思わなかった。

「ああもう！　何が目的なわけ!?　ウチをおちょくっていじめてんの!?」

「そうじゃないさ。僕は君が告白をしたこと自体にどうこう言うつもりはない。君として

は僕に思うことがあるかもしれないが——それよりも僕が聞きたいのはこの話だ」

　僕は吉野の左手首を指差した。

　正確には——そこに巻かれている、腕時計を。

「君が明日葉院と一緒にプールを出たのは、20時の何分頃だった？」

「……は？　その質問に何の意味があるわけ？」

「それで、君が誰に告白したのかわかる」

「そんなのウチに聞けばいいじゃん」

「言いたくないだろう。それに——そっちのほうが、あいつが喜びそうなんでな」

　吉野は目を細めて、僕の顔を見つめた。

　そこにどんな感情があるのかわからなかった。ただ吉野は、しばらくの間、目の前の事実を受け止めるかのように無言でいた。

「……いいよ。負けた」

　溜め息をつくようにそう言って、吉野は力の抜けた目で僕を見やる。

「その代わり、ウチの話、聞いてよ。あんたの推理？　ってヤツが完成した後でいいからさ」

「わかった。そのくらいの代償は払うよ」

「人の恋バナを代償って言うな」

そして吉野は自分の左手首に巻かれている腕時計を見下ろした。

「えーと、何だっけ？　プールを出たときの時間？」

「ああ。できるだけ細かく知りたい」

明日葉院からは聞き出せない情報だった。なにせ彼女は腕時計をしていない。プールを出るときに時間を確認できなかったはずなのだ。

「ちょっと待ってよ……。確か見たはず……。――ああ、そうだそうだ。20時50分くらいだったと思うよ」

「20時50分……」

僕がプールに入る、ちょうど一〇分くらい前か。

――確定だな。

「ありがとう。これではっきりした」

「ふーん。じゃあ一応聞いといてあげる。クイズ！　ウチが告白したのは誰だったでしょー？」

僕は一つの名前を告げた。

吉野はふっと頰(ほお)を緩ませて、諦めたような声で言う。

「憎たらしいよね、マジで」

そして、それからしばらく、僕は彼女に聞かされた。

人知れずはじまり、人知れず終わった、彼女の恋の話を。

伊理戸水斗◆人影の正体

正殿の復元工事エリアを周りの通路から見学し、細い道を通って物見台からの景色を堪能した後、僕たちはまたいくつもの城壁を通り抜けて守礼門の辺りまで戻ってくる。

守礼門のそばには売店などを揃(そろ)えた大きな芝生の広場があり、ここで生徒全員が帰ってくるまで自由時間だった。

他の生徒が売店で土産物(みやげもの)を物色したり、アイスクリームを買って食べたりしている中、一人、屋根のように大きく枝を広げた木の下に座り込んで、膝の上でスケッチブックを広げている奴がいた。

僕はそいつのそばに近づいていくと、断りなくその隣に座る。

「何を描いてるんだ？」

僕が問いかけると、そいつは――

東頭いさなは。

――軽やかにペンを走らせながら、言った。

「絵になる景色がたくさん見れたので、軽くスケッチして、適当にキャラを立たせてみようかなーと」

「覚えてるのか？　景色なんて」

「ですから軽く適当にですよ。写真も撮ってありますしね」

いさなは自分用に、古いデジタルカメラを持参していた。修学旅行の思い出とは別に資料用の写真が欲しかったので、父親から借りてきたと言っていた。

僕はいさなの手によってみるみる再生されていく首里城の景色を見ながら、彼女に問いかける。

「修学旅行もいよいよこれで終わりだが、どうだった？　君としては」

「楽しかったですよ！　中学よりもずっと！　お友達がいる修学旅行ってこんなに楽しいものなんですねえ。今まで知りませんでした」

「涙が出そうな台詞だが……まあ、大体同意するよ」

僕も楽しかった。

いろいろとトラブルはあったが、それも終わりよければ……だ。

「いさな——スケッチしながらでいいから、ちょっと聞いてほしいことがあるんだ。いいか？」

「何ですかー？」

「別になんでもないことだよ。実はさ、この修学旅行の最中、僕と結女にちょっとしたトラブルがあったんだ。そのトラブルを解決するために、考えたことがあってさ。それを君に聞いてほしいんだよ」

「えー？　そんなのわたしが聞いたって意味あるんですかねー。別にアドバイスとか言えませんよ？」

「聞いてくれるだけでいいんだよ。僕の思考の整理にもなる」

僕は折り重なる梢（こずえ）越しに沖縄の青い空を見上げながら、思い出話をするように語り始める。

「一日目の夜21時のことだ。実は僕と結女はとある場所で会っててさ」

「はいはい」

「ホテルにプールがあったの覚えてるか？　あそこなら生徒は誰も来ないだろうってことで、21時に約束して二人で落ち合ったんだ。で、しばらく話してたんだが——不意に背後から、ガサッという物音がした。振り返ってみると、そこにあった植え込みの奥から、何者かの人影が慌てて逃げていくところだったんだ」

「うえー？」

「僕たちは急いでそれを追いかけたけど、更衣室を通り抜けて廊下に飛び出したときには、すでに影すら見当たらなかった。ご存知（ぞんじ）の通り、僕たちの関係が広く知れ渡るといろいろと面倒だろ？　だから修学旅行が終わる前に――みんなの手にスマホが戻る前に、その犯人を見つけて黙ってもらう必要があったんだ」

「それはそうでしょうねえ」

「でも、その犯人が誰だったのか、今日の朝まで見当もつかなかった。だって犯人についてわかっていることは一つしかなくてさ。実は僕たちがプールにいる間、南さんがプールの入り口を見張ってくれていたらしいんだ。そんな南さんによると、僕たちがプールに入ってから出てくるまで、他には誰もプールを出入りしなかったらしい」

「ええ？」

「犯人はさ、すぐに廊下には出ていかず、隠れて僕たちをやり過ごしたんだ。そして僕は更衣室のロッカーの中を全部調べていたから、犯人が隠れられるのは結女が通り抜けた女子更衣室のロッカーだけってことになる。つまり犯人は女子ってことになるんだよ。あの咄嗟（とっさ）の状況で、男子が女子更衣室に逃げ込むとは思えないからな」

「ふむふむ。なるほどです」

「逆に言えば、わかっているのはそれだけだった——だけどさ、あの日の夜にあのプールで起こっていた事件は、それだけじゃなかったんだよ。そのことを総合して考えると、パズルみたいに綺麗(きれい)に、容疑者がたった一人に絞られることに僕は気付いたんだ」

「というと？」

「僕たちがプールに入る30分前——20時30分頃に、同じプールに三人の人間がいたんだ。一人は明日葉院だった。明日葉院は植え込みに隠れて、僕たちの密会とは違う、もう一つの密会を目撃したんだ。それは吉野弥子がある生徒に向かって告白をしたシーンだった」

「ほほう」

「吉野の告白は失敗して、どうやら話がこじれたらしい。もみ合いになりそうになったところに植え込みに隠れていた明日葉院が飛び出して、勢い余ってプールに突き落としてしまったんだ」

「ありゃりゃ」

「この事件と僕たちの事件は無関係じゃない。というのも、吉野が告白した相手——20時30分にプールにいた三人のうちの最後の一人こそが、僕たちの密会を覗(のぞ)いて逃げた犯人、その人だからだ」

ずっとスケッチブックにペンを走らせながら相槌を打っていたいさなは、その話を聞いた瞬間、ぴたりとペンを止めて、僕のほうをちらりと一瞥した。

「……それは、なんでですか？」

「さっき吉野から聞いたんだ。告白が失敗した後、プールに突き落とされて、明日葉院に着替えを取ってきてもらって、プールから立ち去るとき、何時何分だったかってな。答えは20時50分頃だった。ここで思い出さないといけないことがある。さっき南さんがプールの入り口を見張ってたって言ったよな。実はこの見張りが始まったのも、21時の10分くらい前——つまり20時50分頃だったらしいんだ。しかしもちろん、南さんはプールを出ていく吉野たちを見ていないし、逆に入っていく人間も見ていない」

「はあ……」

「吉野にしても南さんにしても記憶に数分のズレはあるだろうし、入れ違いになったってことだろう。しかしどっちにしても、覗きの犯人がプールに入ることができたのは、吉野たちがプールを立ち去ってから南さんが見張りを始めるまでの、ほんの数分の間。まるで針の穴を通すようなそのタイミングに、犯人がプールに潜り込んだのは、果たして偶然で片付けていいのか？」

「どうでしょう」

「南さんはもちろん見張りをすることを誰にも言っていないし、何時何分から始めようなんて本人にもわかっていなかっただろう。それを回避したのは確かに偶然としか言いようがない。だが、吉野たちのほうはどうだ？　犯人が吉野たちと何の関係もない他人だったと仮定した場合、犯人には吉野たちを回避する理由がない。とびきりの人見知りだったと仮定しても、更衣室の中を一度も覗かずに吉野たちの存在を知ることは難しいはずだ。明日葉院曰く、更衣室には他の誰かが来ることもなかったし、吉野とは一言も会話を交わさなかったらしいからな——顔を見せず、声も聞こえず、どうやってそこに吉野たちがいると察すればいい？」

「そうですね……」

「犯人は吉野たちが更衣室にいることを最初から知っていて、かつ、彼女たちと顔を合わせづらい状況にあったんじゃないかと僕は考えたんだ。その条件に符合しそうな人間が一人だけいる。つまり——吉野の告白を断ったばかりの人間だよ」

「…………」

「吉野の告白を断った人間＝僕たちの密会を覗いていた人間。この式が成立した瞬間、僕の中で犯人の正体を示唆する四つの条件が揃ったんだ」

僕は人差し指を立てる。

「一つ目はさっきも言った、女性であること」

僕は続いて中指を立てる。

「二つ目は、吉野と同じクラスであり、しかし違う班であること。明日葉院が、おそらく吉野が犯人に『同じ班になりたかった』と語っているのを聞いているからだ。違う班のクラスメイトでなければこの台詞は出てこない」

僕はさらに薬指を立てる。

「三つ目は、水着を持っていること。吉野の告白を断った人間は、服が濡れて動けなくなった吉野と、その着替えを取りに行った明日葉院を置いて、一人で先にプールから出ていったそうだ。それができるのは、プールに突き落とされたときに水着を着ていた場合だけだ——あのプールの更衣室には水着乾燥機があったからな」

そして僕は小指を立てる。

「四つ目は——あの日の21時ちょうどに、アリバイのない人間であること」

立てた四本の指を、僕は逆に、人差し指から順番に折っていく。

「第一の条件ではまだ、容疑者は100人以上。そこに第二の条件を加えると、吉野たちの班の女子を除いた、僕たちのクラスの女子11人にまで容疑者を絞ることができる」

人差し指。

中指。

「そして第三の条件。今回の修学旅行で水着を持ってきているのは、二日目午後のコース選択でマリン体験を選択した生徒だけだ。僕たちのクラスでマリン体験を選択していたのは、吉野の班と、僕たちの班だけ――吉野たちの班は第二の条件で除外されている。つまり、犯人は僕たちの班に属する女子、４人の誰かということになる」

薬指。

「最後に第四の条件。残った４人の容疑者のうち、結女はもちろん犯人ではありえない。プールの入り口を見張っていたと主張している南さんも、当時友達が一緒にいたらしいからアリバイがはっきりしている。明日葉院は、結女がプールから部屋に戻ったとき先に部屋にいた。犯人はロッカーに隠れて僕たちをやり過ごしたわけだから、僕たちがプールを出ていってからしか部屋に戻ることはできない――結女の先回りをすることは不可能だ」

最後。

一本だけ残った小指を、僕は折った。

「残るのは、１人だけだ」

僕は親友の横顔を見た。

「いさな——僕たちを覗いていたのは、君だな」


東頭いさなは——一日目の21時、植え込みに隠れて僕たちの密会を覗いていた犯人は。

ただ無言で、描きかけのスケッチを見下ろしていた。

うなだれるように。

肩を小刻みに震わせて。

修学旅行の喧騒は遠く、ただ真昼の木漏れ日だけが影の中の僕たちに降り注いでくる。

影は僕たちと外界を区切る結界のようだった。しかし、僕と彼女にとってはこれが日常。

図書室の隅で、あるいは文化祭の屋上で、あるいは体育祭の外れで、僕たちは幾度となくこんな時間を過ごしてきた。

だから。

今この瞬間だって、僕たちにとっては日常に過ぎないのだ。


「す——すごいですっ！」

ガバッと急に顔を上げて、いさなは僕に向かって身を乗り出してきた。

鼻をぶつけそうなぐらい顔を近づけてきて、目を輝かせながらまくし立てる。

「いつかバレるだろうと思ってはいたんですけど、まさかこんなに綺麗にバレるとは！　お見事です！　感服です！　頭いい頭いいとは思ってましたけど、水斗君って本当に頭いいんですね！」

「君って奴(やつ)は……それが告発された犯人の態度か？　まあ、大体予想通りだったけど……」

決して口が回るほうとは言えない僕が、こんな解決編を演じてみせたのは、そのほうがいさなが喜ぶかなと思ったからだ――どうやら、想像以上にお気に召したようだった。

いさなは乗り出した身を引っ込めると、ほくほく顔で胸に両手を当てて、スーハーと深呼吸をする。

「あー、ドキドキしました。これが追い詰められる犯人の気持ちなんですね。特等席じゃないですか」

「僕としてはもっとこう、『面白い推理だ。作家にでもなったほうがいいんじゃないのかね？』みたいなのを想像してたんだけどな」

「いやいや、水斗君が作家にならないほうがいいのは知ってますから」

「ぐ……」

そりゃ僕も知ってるけどさ。

いさなは足をぶらぶらさせながら、「それでそれで？」と言って、上半身を前に傾けながら隣の僕の顔を覗き込んできた。

「ここからはどうするんでしたっけ。あんまり推理小説読まないので」

「犯人の自白パートだよ。なんで覗いたりしたんだ？」

「あー……それですか。やっぱり言わなきゃダメですよねえ」

てれてーてー、と某少年探偵アニメで犯人が自白するときに流れるＢＧＭを口ずさみつつ、いさなは言う。

「理由は二つあります」

「無理に頭良さそうに説明しなくてもいいぞ」

「失礼な！　本当に二つなんですから！　……一つは、単純に見たかったんですよ」

「……それは理由に数えてもいいのか？」

「いいじゃないですか！　結女さんが21時までにお風呂に入りたいって言い出して、これは21時から水斗君と会うんだなーって察したんですけど、そこで脳裏によぎるわけです。水斗君と結女さんって、二人きりのときはどういう雰囲気なんだろ〜って」

「まあわからんでもないが……もう一つの理由は？」

「もう一つは……ちょっと確かめてみたかったんですよね」

「確かめる？」

「怖いもの見たさといいますか……水斗君のそういうシーンを見てしまっても自分が大丈夫なのかどうか、確かめてみたかったんです」

僕は押し黙った。

一方のいさなは、辛そうでも気まずそうでもなく、淡々と事実を告げるフラットな調子で話を続ける。

「別に今更水斗君とどうこうなろうなんて考えてませんし、結女さんとのことは本当に心から祝福していますけど、それはそれとして、どうなるのかなって……ホラーゲームをやるような気持ちですよね。怖さと好奇心が混ざり合って、行動せずにはいられなくなってしまったんです。暇でしたし」

「それで先にプールに忍び込んでおこうと思ったのか？」

「思ったんですけど、直前に尻込みしてしまって……。プールの入り口の前でうろうろしていたら、吉野さんに見つかったんです。理由を話さずにプールに入りたいんですって言ってみたら、じゃあ一緒に行こーって」

「じゃあその時点では、君は夢にも思っていなかったわけだ。吉野に告白されるなんて」

「当たり前じゃないですか！　まさか人生初の告白――あ、される側のです――が、女子から……しかもあんなギャルからとは思わないじゃないですか」

「そりゃそうだよな……」

　僕だってまったく予想できなかった。女子同士だから、というよりも、吉野が自分の本音をまったく表に出さないタイプだからだろう。彼女は常に明るい性格でそれ以外のすべてを覆っていて、心の奥底の本当のところを誰にも見せてはいなかったのだ。

「これは純粋な興味なんだが……吉野になんて言われたんだ？」

「こんなおしゃれなプールに女子だけじゃ寂しいよねー、みたいな話を吉野さんがしてまして、それに相槌を打ってたら、じゃあウチらで付き合ってみない？　という感じで……」

「冗談めかしていたわけだ……」

「たぶんわたしが上手く流せていたら、吉野さんもすぐに引いたと思うんです……。でも、わたしも驚いて、ガチの反応をしてしまったので、あちらも引っ込みがつかなくなって……」

　僕は思い返す。

　ついさっき吉野本人から聞かされた、東頭いさなに告白した動機を。

伊理戸水斗◆いさなに優しいギャル／沼

「……要は、沼っちゃったんだよね」

　荘厳な奉神門の前に広がる広場の端っこで、吉野弥子は悔悟するように呟いた。

「最初はマジで何でもなかったわけ。いつも一人でいるなあ、誰とも話してるの見たことないなあ、どんな子なんだろうなあ……そう思って話しかけてた。おっぱいがでかいのにすら気付いてなかったよ」

「根っからの陽のメンタルだな……」

　本物のギャルの行動力に慄いてしまう僕。吉野は「よく言われる」と苦笑しながら返して、

「でも、一年間さあ、マジでウチ以外と話してるのを見たことなかったわけ。あ、クラスでね？　水斗クンが仲いいのは知ってたよ。でも割合としては同じクラスのウチのほうが一緒にいる時間が長いわけじゃん？」

「そうなるな」

「だから、この子ってウチがいなかったらやばいんだろうなー……ウチしか頼れるものがないんだろうなー……なんとなく無意識にそう感じるようになってきたら、なんというか、こうさ……独占欲みたいなものが生まれてきて……」

……わからないでもなかった。

中学のときに結女と付き合っているときも、高校に入ってから図書室の隅でいさなと話しているときも、他の誰も知らない魅力を知っている優越感みたいなものが、完全になかったと言ったらそれは嘘になってしまう。

その沼にはまってしまったのか。

「マジキショくない？　相手を勝手に所有したような気分になっちゃってさ……。だからできるだけ考えないようにしてたんだけど、あるとき……去年の冬くらいかな。見ちゃったんだよね」

「見ちゃった……？」

「いさなちゃんの絵」

僕はピンときた。

去年の冬頃というと、生徒会主導の神戸旅行が終わって、僕がいさなのプロデュースを始めた頃の――

「教室の隅っこでいそいそとタブレットで描いてるのを、ちらっとさ。見た瞬間本当にビビった。めちゃくちゃ上手いってだけじゃなくてさ……見たことあったんだよね、ＳＮＳで」

「ああ……」

「めちゃくちゃバズってるわけじゃなかったけど、ウチみたいな小市民からしたら充分拡散されてるレベルだったし……イラスト自体も、何か好きだなーって覚えてた。いさなちゃんってあのイラストの作者だったんだ！　そう思った瞬間の、こう……何？　運命っていうかさ……！」

「なんとなくわかるよ……」

僕は溜め息をつくように言った。

世の中に知られていない価値に気付く。人間にとってそれに匹敵する快楽はなかなかない。誰よりも僕が知っている。この世で最も早くいさなの才能に気付き、はまってしまった僕が。

「そこからは無理だったよね」

自嘲の笑みを浮かべて、吉野は言った。

「頭バグった。人ってこんな風になるんだって思った。周りには必死に隠してたけどね。ウチのイメージ的に、こんなの話せるわけないし」

「もしかしてそれでか？　僕といさなの仲をやけに冷やかしてたのは」

「まあね……。一年のときに本人から聞いて、本当は付き合ってないの知ってたし。そうやっとけばウチがいさなちゃんを……なんて誰も思わないし」

「一日目の夕食の後、明日葉院に何か耳打ちしてたよな。あれは……」

「うわ、見てたの？　あれはね……『頑張ってね』って言ったんだよ。蘭ちゃんがキミを落としてくれたら恋敵が減るわけだからさ。——あー、我ながらキモいなあ！　蘭ちゃんもドン引きするわけだよ」

吉野の告白を見て、なぜ明日葉院がショックを受けたのか？

これがその答えだった。吉野は僕たちの仲を冷やかし、僕たちのために明日葉院を呼び出すような真似までしておきながら、実際には自分の感情を隠し、こっそりいさなと付き合うためのポーズでしかなかったのだ。

結女に対する自分の感情に悩んでいた明日葉院は、脇目も振らずいさなに執着する吉野を見て、自分の姿を重ねた。自分もああいう人間なんじゃないかと恐れた。だから結女から距離を取ろうとしたのだ……。

「そういうわけで、順当に振られました」

努めて軽く、吉野は言った。

「そのときはカッとなってすがりついちゃったけど、明日葉院さんにプールに突き落とされてさ、頭が冷えたよ……。ウチごときが、いさなちゃんとどうこうなろうなんておこがましすぎたって」

「そこまで卑下することはないと思うけどな」

「するよ。……携帯壊したことを先生に白状することもできない小心者だよ、ウチは」

それこそ、壊したのはどっちかといえば明日葉院だろうと思うが。

吉野は「うーん」と大きく伸びをして、

「洗いざらい白状したらちょっとすっきりしたなー！　……水斗クンってさ、いさなちゃんをフッたんだよね」

「ああ」

「死ぬほど羨ましいし死ぬほど恨めしいから言ってあげるけど、絶対後悔するよ」

「しないよ」

僕は迷いなく告げた。

「あのとき僕がいさなの告白を受けていたら、たぶんあいつは絵を描かなかっただろうからな」

「あー……そりゃダメだ」

小さく笑って、吉野は僕に背中を向ける。

これまでの自分に、別れを告げるように。

「それじゃあ、引き続き幸せにしてあげてよね——ウチの大切な『推し』をさ！」

伊理戸水斗◆東頭いさなは揺るがない

晴れやかに去っていった吉野の後ろ姿を思い返しながら、僕はいさなの横顔を見る。

もはや彼女は、恋愛程度で幸せになれるようなタマではない。恋をされた僕と、恋をした彼女が揃ってそう思っているんだから、きっとそうなのだ。

付き合って彼氏になることなんかより、ずっとずっと重い責任が、今の僕にはかかっている。

彼女の期待に応えるためにも、僕は果たさなければならないのだ——東頭いさなを普通の女子高生になる道から外してしまった責任を。

「……それで？　結果はどうだったんだ？」

僕が問いかけると、いさなは「はい？」と首を傾げた。

「試したんだろう。僕と結女を見たら、どうなるのかを。結果は——どうだったんだ？」

その結果を受け止める責任も、僕にはある。

それがどのようなものであれ、結女のために彼女を振った僕には——否定する権利はない。

「そうですねえ……」

いさなは底抜けに明るい空を見上げて、うーんと考える。

僕は少しばかり緊張して答えを待った。

やがていさなはぽつりと、雨の雫が垂れるように呟いた。

「……覚えてません」

「は？」

理解に苦しんで眉間にしわを寄せる僕に、いさなは真剣そのものの顔を向けて告げた。

「結女さんがエロすぎて……何にも覚えてません」

「…………………」

「だって……だって！『家に帰るまでは、待って、ね？』って！　エッチすぎますよ！　普段はあんなに真面目で清楚なのに！　あまりの興奮に身を乗り出しちゃいましたよ！」

あの物音はそのせいかよ。

「わたし、もう結女さんをエッチなものとしか見れません！　昨夜なんてバストサイズを聞いて鼻血が出そうになりました！」

「そういえば、二日目の朝に結女のベッドに潜り込んでたらしいが……」

「きっと無意識ですね……。目を開けて結女さんの顔が目の前にあったとき、心臓が止まりそうになりました」

両手をわなわなと震わせながら、いさなは据わった目で僕を見つめる。

「今日、家に帰ったら……すごいことになるんでしょうね……。四日分のあれが……こうなるんでしょうね……」

「旅行の直後で疲れてるのにそんなことになるかよ……」

そもそも今日は普通に父さんたちが家にいる。

「わたしの妄想の中で、結女さんはそれはもうすごいことになっています……。お風呂で裸を見てしまった分高精細なんです……。水斗君には申し訳ありませんが……わたしはしばらく、この妄想でご飯を食べると思います……」

「妄想にカロリーはないぞ」

「あるんですよ……。満たす欲望が違うだけで……」

そのとき、「ハッ！」といさなが天啓が下りて来たような顔をした。

描きかけの首里城があったスケッチブックを大急ぎでめくり、まっさらなページに猛烈な勢いで何かのラフを描き始める。

「どうした？　何を思いついたんだ？」

プロデューサーとしての視点になって僕が問いかけると、いさなは手を一切止めることなく、

「水斗君。前に言ってましたよね。そろそろ看板娘みたいなものを作ろうって」

「あ、ああ……。看板になるキャラクターがいるのといないのでは全然違うからな」

僕はそろそろ、いさなに漫画を描いてもらおうと画策している。漫画家になってもらおうというのではなく、漫画は描くことで得られる経験値が段違いだからだ。

しかしいきなりコマ割りをやらせるのは難しいので、その前段階として、台詞付きの一枚絵のシリーズを始めようと思っていた。それには立ったキャラクターが必要だと、いさなとも話していたのだ。

「そのキャラ、この子にしませんか？」

いさなはあっという間に一人の女の子のラフを描き終えて、スケッチブックを僕に向けた。

それは結女を思わせる黒髪ロングに可愛らしいベレー帽を乗せた女子高生だった。制服は結構ファンタジー寄りで、ケープのようなパーツが肩にある。

「これは……どういうキャラなんだ？」

「めちゃくちゃ性欲の強い美少女名探偵です」

「………………」

　この修学旅行の経験をめちゃくちゃストレートに組み合わせていた。

「事件の最中はすごくクールで頭がいいんですけど、二人っきりになるとめちゃくちゃデレてエロくなるんです！　あ、そうだ。主人公君の性癖が推理されちゃうってのはどうですか⁉　『君の視線の動きを見れば、私の太ももに欲情しているのは明白だよ』とか言いながらスカートめくってくれるんです！　よくないですか⁉」

　欲望の塊すぎる。

　塊すぎるが……そういうののほうがむしろよかったりするからな。

　でもブランディング的にどうなんだ……。今のいさなは結構爽やかな青春もの寄りなんだが……。

「いいですよね⁉　描かせてください！　っていうか勝手に描きます！」

「あーもうわかったわかった！　止めても意味ないだろそしたら！」

　かくして爆誕したこのキャラクターが、後日、大バズりを引き起こし、いさなのもとにとあるメッセージが送られてくる要因となるのだが……それはまた、別の話だ。

「本当にすみませんでした！」

首里城の見学が終わり、那覇空港で飛行機に搭乗するまで待ち時間ができたときに、いさなはすべてを結女に白状した。

結果、結女が見せた反応は――

「～～～～～～っ!!」

――真っ赤にした顔を両手で覆い、何も言えなくなってしまう、というものだった。

いさなは首を傾げ、立会人になっていた僕に困惑のまなざしを向ける。

「えーっと……これは、許されたんですかね？」

「とてもそうは見えないが」

「……恥ずかしい……。あれを知り合いに見られてたと思うと……。うあ～……死にたい～……」

ああ、なるほど……。確かに結女は、普段の様子と僕に甘えてるときの様子がだいぶ違うからな。

いさなはうずくまった結女のそばにしゃがみこんで、遠慮がちに声をかける。

「だ、大丈夫です！　可愛かったですよ！」

「友達に可愛いところはあんまり見られたくないぃ～……！」

「彼氏にだけ見せる顔があるっていいと思います！　これから先、どれだけキリッとしてても、厳しいことを言ってても、『でも彼氏と二人っきりのときはにゃんにゃんしてるんだよな……』って思えるので！」

「殺せえ〜……！」

かくして、結女の心にちょっとした傷を残して、僕たちの修学旅行は終わりを告げた。

きっとこの先、この旅を何度も思い出すことだろう。

特に結女は、忘れたくても忘れられなそうだしな。

終章　二人だけの（？）五日目

伊理戸水斗◆四日分の負債

修学旅行から帰宅したその後、慣れない旅の疲れが出たんだろう、僕は日も沈みきらないうちに爆睡した。

目を覚ましたとき、窓の外が明るかったので寝たのはせいぜい二時間くらいかと思ったら、朝になっていた。

夜が消えた……。

代わりに意識はいつになくすっきりとしていたが、時間を無駄にしてしまった感は否めない——リビングに降りてみると、父さんたちもまだ起きてくる前で、昨日の晩御飯がラップをしてテーブルに置いてあった。さすがにお腹が空いていたのでありがたく食べた。

今日は修学旅行の振替休日だ。修学旅行中は珍しく精力的に働いたのだし、今日くらいはゆっくりしておこう。そう思って僕はリビングのソファーで文庫本を開く。

しばらくすると父さんたちが起きてきて、そして仕事に向かっていった。振替休日ということは、世間的には普通に平日だということだ。なんだか得をしたような気分である。

それからさらにしばらくして、午前10時頃になると、ようやく結女が姿を現した。

「おはよー……」

「おはよう」

伸びをしながらリビングに入ってきた結女は、しかしきっちり寝巻きから部屋着に着替えている。長袖のブラウスにふわりとしたロングスカートという見慣れた姿なのだが、ここ数日、夏服の姿ばかり見ていたのでちょっと不思議な気分になる。

結女は紅茶とトーストを用意してそれらを平らげると、一度洗面所のほうに行ってから、リビングに戻ってきた。

そしてとてとてとソファーに座っている僕のほうに寄ってくると、ボスっと隣に腰を下ろし、そのまま横に倒れて僕の太ももの上に頭を乗せた。

「お疲れ」

見下ろしてそう言うと、結女は「ん～……」と鳴き声のようなものを発する。

「今日は完全にオフか？」

「うん。明日は生徒会のみんなにお土産(みやげ)持っていくけど」

「相変わらず律儀だな」

「普通でしょ」

僕は文庫本を閉じてテーブルに置くと、太ももの上に収まった結女の頬(ほお)をそっと撫(な)でた。

すると結女は僕の顔をじっと見上げて、

「お母さんたちは仕事？」

「平日だからな」

「夕方まで帰ってこない？」

「そうだろうな」

「……する？」

まあ、家に父さんたちがいないとなれば、そういう話にもなる。いさなが興奮していたように、『家に帰ってから』と結女自身も言っていたし。

だが。

「なんか気が抜けて、そういう気分にならん」

「あ〜……」

結女は納得の声をあげた。

「わかるかも。私もちょっとゆっくりしたい」

四日も禁欲生活だったわけだから、身体(からだ)的には求めてないはずはないんだけどな。まあ二時間くらい結女と一緒にゆっくりして、やる気になったらそのとき考えるのでも遅くはない。

そういうわけで、僕たちはキスをするでも身体を触るでもなく、それこそ仲のいいきょうだいのような距離感で、まったりとした午前を過ごした。

昼食の時間になると、二人で分担してパスタを作った。付け合わせはポテトサラダとスープ。冷蔵してあったやつとインスタントだ。今日は徹底的に楽をすると決めた。

お腹が満たされるといよいよ気が緩み、今度は僕が結女に膝枕をされる形となって、本を読んだり、思い出したように話しかけたりした。

そんなとき、テーブルに置いてあった結女のスマホがシュポッと音を立てる。

結女がスマホを手に取り、画面を確認してたちたちとメッセージを打ち始めた。

僕はなんとなく尋ねる。

「誰から？」

「明日葉院(あすはいん)さん」

彼女のほうからメッセージを送ってくるとは……なんとなくそういうイメージではなか

ったが、そうか、あんな様子だったしな……。僕が今、結女に膝枕をしてもらっていると知れば、烈火の如く怒り出すかもしれない。

結女はしばらく、メッセージのやり取りを続ける。

スマホを見ながらくすりと微笑んだり、小さく何か呟いたりするのを、僕は太ももからずっと見上げていた。

……………。

僕は上体を持ち上げると、結女と肩が触れ合う距離に座り直し、その細い腰に腕を回した。

「ん？　水斗？」

不思議そうにする結女の向きを変え、いわゆるバックハグの体勢にする。

両脇からお腹の前に回した腕でぎゅっと身体を密着させ、結女の首の辺りに顔をうずめた。

結女が面白そうに微笑む。

「寂しくなっちゃった？」

僕は答えない。

しかし、結女の匂いをいっぱいに吸っていると、抜けていた気が戻ってくるような気がした。


耳元で薄く呼気を吐くと、結女は「んっ」と小さく身をよじる。

それから、微笑ましげだった表情に、ちょっとした色気が宿った。

「お部屋……行く？」

僕は答える代わりに彼女の耳たぶを唇で甘く食んだ。結女はくすぐったそうにくすくすと笑う。

「ごめんね、明日葉院さん」

結女はそう言って手早くスマホに何かを入力すると、スカートのポケットにしまう。

その後、彼女が振り返るように首をひねった拍子に、我慢できずに唇を重ねた。

数秒後に唇を離すと、結女はからかうように微笑んだ。

「さっきまでの落ち着いた感じが嘘みたい」

「……負債があるんだよ、四日分の」

父さんたちが帰ってくるまでにはまだ何時間もある。

修学旅行中は二人きりでいられる時間もなかなか取れなかった。明日以降だって家が二人きりになるのはいつになるかわからない。ここできっちり、四日分の負債を返済してもらわないとな。

僕たちはもどかしい気持ちで立ち上がり、家族の空間であるリビングから、個人の空間である僕の部屋へと歩を進め――

――シュポッ。

結女のスカートのポケットから通知音が鳴った。

「…………………」

「…………………」

僕たちは無言でポケットを見下ろす。

「……大丈夫か？」

「だ、大丈夫大丈夫。しばらく返せないって言ってあるから」

では気を取り直して。

僕たちは手を繋いだまま二階に上り、僕の部屋に入る。相変わらず乱雑に本が積み上げてあって歩きにくいが、まあベッドの上が綺麗なら大丈夫だ。

結女をベッドに押し倒すと、「きゃっ」と楽しそうな声が上がった。

僕はベッドに仰向けになった結女に覆いかぶさりながら、もう一度キスをする。今度はさっきのじゃれ合うようなものじゃない。互いの気分を盛り上げるための――

――シュポッ。

ポケットから通知音が鳴った。

「…………………」

「…………………」

僕たちは思わず唇を離し、二人でしばらく固まった。

結女がゆっくりとポケットからスマホを取り出し、画面を確認する。

「……誰から？」

「……明日葉院さん」

通知だけ見て確認したんだろう。結女はスマホから視線を引き剝がすと、

「スマホ……邪魔になるから、机に置いといていい？」

「……ああ」

結女は僕の身体の下から抜け出すと、ベッドから少し離れたところにある勉強机にスマホを持っていった。何か操作をしてから天板に置く。

そして戻ってくると、結女は言った。

「通知……切ってきたから」

「了解」

では気を取り直して。

結女はベッドに膝をかけると、ゆっくりと僕の肩に手を添えた。そして、今度は僕が押し倒される形になる。結女は柔らかい身体を僕に押し付けながら、再び僕の唇に自分のそれを重ねた。

「んっ……ふっ……」

僕は結女の背中に手を回すと、ブラウスの中にそっと手を差し入れる。

滑らかな背中の肌を指先でなぞり、ブラウスの裾をゆっくりとまくり上げながら、背中の真ん中にあるブラのホックを探り出す。

プチリ。

音を立ててそれを外した瞬間、僕の中で何かがグツグツと煮えた。不思議なもので、何度繰り返しても、この瞬間の感動は色褪(いろあ)せな――

――ピリリリリリ！

机のほうから着信音が鳴った。

「…………………」

「…………………」

では気を取り直し――

――ピリリリリリリ！

では気を――

――ピリリリリリ！

気を……。

――ピリリリリリ！

「もうっ！」

結女が外れたブラを服の上から押さえながらベッドを降りる。足早に移動し、着信音を鳴らし続けるスマホを手に取った。

無視するとさすがに怪しまれかねない……。結女はそうするしかないのだった。

「もしもし？　……ああ、うん。大丈夫だから。……うん。……うん。……え？　今から!?」

片手でスマホを耳に当て、もう片手で胸を押さえた格好の結女が、困った顔で僕のほうを振り向く。

「いや、ちょっと取り込んでて……。――え？　いやいや、そういうんじゃなくて……！」

もう二言三言、慌てた様子で相手と話すと、結女は通話を切って溜め息をついた。

「……明日葉院はなんて？」

僕は恐る恐る尋ねる。もうわざわざ相手が誰か聞く必要はなかった。

結女は至極申し訳なさそうに答える。

「その……明日、生徒会のみんなと会う予定だったけど、今日にしようって……」

「……そうか」

「で、でも、さすがに断るから！　本来は明日だったわけだし！」

「いや……行ってくればいいよ」

　僕は自分を押し殺して言った。

「明日葉院との関係も大事だろう……。僕との時間はまたいくらでも作れる」

　何よりも、明日葉院に変に疑われたくはない……。ぶっ殺すとまで言われているのだ、僕は。

「え……でも……」

　結女はスマホを胸に押し当てながら、心配げな調子で言う。

「私が言うのも変だけど……だ、大丈夫……？」

　全然大丈夫じゃない。

「大丈夫だ。僕を何だと思ってるんだ？　欲望くらいきっちりコントロールできるさ」

「それならいいんだけど……」

　結女はうーんと顎に手を添えてしばらく考えると、ベッドの端に腰掛けている僕の前まで移動して、床に膝をついた。

「んっ」

そして、ハグを求めるように腕を伸ばしてくる。

僕は戸惑うままに、彼女の身体を抱きしめた。結女はギューっと、まるで自分の身体の感触を僕の身体に刻みつけるみたいに、背中に回した腕に力を込める。生殺しにされた僕の触覚は明敏で、彼女の胸の柔らかさ、肋骨の凹凸、呼吸のリズムまでそのすべてが、肌に焼き付けられるかのようだった。

しばらくそうした後、結女は名残惜しそうに身体を離して、僕の顔を見つめた。

「これで、夜まで我慢。……できる？」

まるで子供に言い聞かせる母親だ。

僕は苦笑いして、

「できるよ」

「それと、わかってると思うけど……」

「大丈夫。心配するな」

説明しよう。

伊理戸結女は、彼氏がＡＶ見るのを嫌がるタイプである。

「それじゃあ……」

結女は立ち上がると、背中に手を回して外しっぱなしだったブラのホックを留めながら、部屋の出入り口に向かった。

「行ってくるから。本当にごめん！」

ドアの前で振り返って、手を合わせて拝むようにすると、廊下へと出ていった。

「もしもし、明日葉院さん？　さっきの話だけど……――」

通話口に話す声が遠ざかっていく。

それも完全に聞こえなくなると、僕はベッドの上に仰向けに倒れ込み、「はあ～……」と大きな溜め息を天井に向けて吐き出した。

こんなことはきっと、これからいくらでもある。

そもそも、普段からして父さんや由仁さんにバレないように気を張っているわけだし、そこに明日葉院が一人増えたところで、大した問題ではない。

だが。

今回だけ……今回だけは、一言だけ弱音を吐かせてくれ。

「……つらい……」

この分の借りは、必ず返してもらおう。

僕は強く決意した。

あとがき

自慢じゃありませんが、実は私は、推理小説をあんまり読みません。

私が好きなのはどっちかと言うと推理ゲームのほうで、小説のほうは一年に一冊読めばいいほうという程度でしかなかったりします。だから結女がタイトルを口走るときとかは、その都度、その作品を読んで、付け焼き刃の知識で書いていたりするのです。

こんな奴でもミステリーは書ける。

と、そんな価値観を布教していきたいと最近の私は思っているのですが、それはそれとして、今回なぜ連れカノをミステリーにしようと思ったのか、そのあたりを説明しておくことにしましょう。

そもそも、連れカノをミステリーにするというアイデアは書籍化される前にもありました。そのときに断念したのはうまくまとめる自信がなかったことと、不純物を混ぜるべきじゃないという判断からです。ですが、巻数も10巻を超えて、シリーズをまとめることも考えなければならなくなってきたとき、「このままじゃちょっときつい」と感じました。

実は4巻くらいからずっと悩んでいたことが二つあります。一つは、『ラブコメを長編としてまとめる方法がわからん』ということ。もう一つは、『他のキャラをメインにするエピソードをやると、水斗と結女の出番が減ってしまう』ということです。

今まであんまり言ってないかもしれませんけど、現代を舞台にした純粋なラブコメを書くのは、この連れカノが初めてです。それまでバトルしたり推理したりする話しか書いてこなかったので、ラブコメでどうやって話をまとめればいいのかわかりませんでした。

書きながらいろいろ試して学んでいけばいいと思っていたんですけど、10巻まで書いてみた結果、なんとまだわかりませんでした。何もわからないままとにかく書き進めて、なんとか一冊分にするといった塩梅で、とにかく書くのが苦しくて仕方がない。一見手間がかかるミステリーよりも連れカノを書くほうが圧倒的に難しいんです。

作者が苦しんでいるほうがいっぱい考えてるってことだからいいものができる、っていう考え方もあると思いますが、仮にそれでいいものができたとしても、なんでそれがいいのか言語化ができないと意味がない——特にアニメの作業を通じてそれを痛感しました。

今、私が追求しているテーマは『再現性』です。

再現性——同じくらい面白いものを繰り返し生み出すことができるかどうか。それを見出さなければ、そのときなんとかなっても未来がない。未来がなければ成長がない。成長がなければ飽きてしまう。

『飽き』こそがあらゆるクリエイターを殺してしまう毒だと私は思っています——なので

私は、自分にはラブコメの長編に再現性を持たせる才能がないと判断して、別のアプローチを選ぶことにしました。

そこで選ばれたのがミステリーというわけです。

なぜミステリーなのか？　ここでようやくもう一つの悩みの話に移りますが、お話の軸にミステリーを採用すると、他のキャラをドラマの焦点に当てつつも、いわゆるホームズ役とワトソン役――今回で言えば水斗と結女の出番を確保することができるんですね。

実際、この11巻は明日葉院さんがメインの話でしたが、明日葉院さんの視点のシーンは一個しかありません。ミステリーっていうのはそういう構成がやりやすいジャンルなんです。

10巻で水斗と結女の関係も行くところまで行ったし、水斗の探偵適性を使ってみたいと思ってたし、いろいろ条件が重なって、やってみることにしたわけです。

普通に構想だけで一ヶ月かかりましたが、おかげで結構気楽に作業することができました。今回から音声入力に執筆方法を切り替えたので、無限に誤認識される『明日葉院』にキレ散らかしたりはしましたけども。

そういうわけで今回はミステリー仕立てのお話でした。結構ちゃんと推理してると思います。この11巻で私の書くミステリーに興味を持ってくださった方は、もっと濃厚に作っている『シャーロック＋アカデミー（ＭＦ文庫Ｊ）』または『僕が答える君の謎解き（星海社ＦＩＣＴＩＯＮＳ）』をお読みください（宣伝）。

次の巻は川波×暁月の話にする予定でいます。ある朝、二人は同じベッドで目を覚まして⁉　……それ以外はまだ何も考えてません。予定は未定です。

そんなわけで、紙城境介より『継母の連れ子が元カノだった11　どうせあなたはわからない』でした。知ってるかもしれないけど、女子のわちゃわちゃ書くの好き。

継母(ままはは)の連(つ)れ子(ご)が元(もと)カノだった11

どうせあなたはわからない

著　紙城境介(かみしろきょうすけ)

角川スニーカー文庫　23876

2023年12月1日　初版発行

発行者　山下直久

発　行　株式会社KADOKAWA
〒102-8177 東京都千代田区富士見2-13-3
電話　0570-002-301（ナビダイヤル）

印刷所　株式会社暁印刷
製本所　本間製本株式会社

◇◇◇

●お問い合わせ
https://www.kadokawa.co.jp/（「お問い合わせ」へお進みください）
※内容によっては、お答えできない場合があります。
※サポートは日本国内のみとさせていただきます。
※Japanese text only

Printed in Japan　ISBN 978-4-04-114276-9　C0193

★ご意見、ご感想をお送りください★
〒102-8177 東京都千代田区富士見 2-13-3
株式会社KADOKAWA　角川スニーカー文庫編集部気付
「紙城境介」先生
「たかやKi」先生

[スニーカー文庫公式サイト] ザ・スニーカーWEB　https://sneakerbunko.jp/

角川文庫発刊に際して

角川源義

第二次世界大戦の敗北は、軍事力の敗北であった以上に、私たちの若い文化力の敗退であった。私たちの文化が戦争に対して如何に無力であり、単なるあだ花に過ぎなかったかを、私たちは身を以て体験し痛感した。西洋近代文化の摂取にとって、明治以後八十年の歳月は決して短かすぎたとは言えない。にもかかわらず、近代文化の伝統を確立し、自由な批判と柔軟な良識に富む文化層として自らを形成することに私たちは失敗して来た。そしてこれは、各層への文化の普及滲透を任務とする出版人の責任でもあった。

一九四五年以来、私たちは再び振出しに戻り、第一歩から踏み出すことを余儀なくされた。これは大きな不幸ではあるが、反面、これまでの混沌・未熟・歪曲の中にあった我が国の文化に秩序と確たる基礎を齎らすためには絶好の機会でもある。角川書店は、このような祖国の文化的危機にあたり、微力をも顧みず再建の礎石たるべき抱負と決意とをもって出発したが、ここに創立以来の念願を果すべく角川文庫を発刊する。これまで刊行されたあらゆる全集叢書文庫類の長所と短所とを検討し、古今東西の不朽の典籍を、良心的編集のもとに、廉価に、そして書架にふさわしい美本として、多くのひとびとに提供しようとする。しかし私たちは徒らに百科全書的な知識のジレッタントを作ることを目的とせず、あくまで祖国の文化に秩序と再建への道を示し、この文庫を角川書店の栄ある事業として、今後永久に継続発展せしめ、学芸と教養との殿堂として大成せんことを期したい。多くの読書子の愛情ある忠言と支持とによって、この希望と抱負とを完遂せしめられんことを願う。

一九四九年五月三日

静かに過ごしたいのに、
なぜか《S級美女》と
学園ハーレム
ラブコメに!?
なぜか
S級美女達の
話題に俺が
あがる件
脇岡こなつ
ill. magako
《S級美女》と呼ばれる女子高生・姫川沙羅、小日向凛、高森結奈。彼女たちが噂しているイケメンは学校一地味な俺!? 静かな高校生活を送るため、彼女たちに嫌われようと動くのだが全てが裏目に出てしまい……。
スニーカー文庫

ブラック企業で社畜生活の末倒れた新浜は、目覚めると高校二年生にタイムリープしていた。死ぬ前に頭をよぎったのは高校時代の憧れの少女。2度目の人生は後悔したくない。彼女と一緒に最高の青春をリベンジする!

「私は脇役だからさ」と言って笑う

そんなキミが1番かわいい。

クラスで2番目に可愛い女の子と友だちになった

たかた［イラスト］日向あずり

第6回 カクヨムWeb小説コンテスト 特別賞 ラブコメ部門

『クラスで2番目に可愛い』と噂の朝凪さん。No.1人気の天海さんにも頼られるしっかり者の彼女は……金曜日の放課後だけ、俺の家に遊びに来る。本当は無邪気で甘えたがり。素顔で過ごす、二人だけの時間。